Annemarie Norden

Halbzeit für Onkel Fritz

W0401653

kibu

CIP-Kurztitelaufnahme der Deutschen Bibliothek

Norden, Annemarie
Halbzeit für Onkel Fritz / Annemarie Norden.–
[1. Neuaufl.]. – Menden / Sauerland: Kibu, 1981
Frühere Aufl. u. d. T.: Norden, Annemarie:
Onkel Fritz aus Pernambuco
ISBN 3-88101-633-3

5750 Menden 1 / Sauerland
Umschlagbild Kajo Bierl
Illustrationen Lilo Busch
Printed in Germany

1

Immer wenn Frau Niemeier die grünen Schuhe anhatte, war bei Niemeiers etwas Besonderes los.

Die Schuhe stammten vom letzten Winterschlußverkauf, hatten nur DM 11,75 gekostet und waren so grün wie Laubfrösche. Die ganze Familie, außer Frau Niemeier natürlich, fand sie scheußlich. Niemand wollte mit ihr auf die Straße gehen, wenn sie sie anhatte. Sie trug sie deshalb nur zu Hause. Aber weil sie selbst sie schick fand, trug sie sie nur dann, wenn es etwas zu feiern gab. Sie hatte sie auch am 12. August an, als Stefan kurz nach 1 Uhr aus der Schule kam.

„Was ist los?“ rief er sofort, als er die Schuhe sah.

„Guten Tag erst mal!“ sagte seine Mutter und drückte seinen struwweligen braunen Kopf gegen ihre Schürze.

„Guten Tag“, sagte Stefan hastig, „Mutti, was ist los?“

Frau Niemeier lachte. „Ich erzähle es beim Mittagessen, wenn die anderen auch da sind.“ Und schon rannte sie wieder in die Küche zu ihren Klößen.

Stefan ging ins Kinderzimmer und warf seine Schultasche in die Ecke. Dann rückte er einen Stuhl zum Fenster, kniete sich darauf und wartete auf seine Geschwister.

Zuerst erschien Ille, klein, mager, mit wirrem

schwarzem Haar und schwarzen Augen. Langsam kam sie durch den Vorgarten gezockelt, die Schulmappe statt auf den Rücken vor die Brust geschnallt. Sie ging in die zweitunterste Klasse und hatte gerade gelernt, wie man Moos und Kohl und Hose schreibt. Aber sie brachte es noch etwas durcheinander und schrieb Mohs und Kol und Hoose.

Nach Ille kam Klaus. Er war drei Jahre älter als sie und ein Jahr jünger als Stefan, also zehn. Er hatte auch schwarzes Haar, aber mager konnte man ihn nicht gerade nennen. Die Jungen in seiner Klasse sagten „Dicker“ zu ihm, doch das störte ihn nicht. „Mein Vater war auch 'n Brocken mit zehn“, vertraute er seinem Freund Olle an, „und jetzt ist er schlank wie 'n Windhund.“ Trotz seiner Pummeligkeit war er keineswegs träge, sondern lebendig wie ein Gummiball. Den Weg von der Gartenpforte zum Haus legte er auf einem Bein hüpfend zurück. Nach hartem Training schaffte er die Strecke jetzt ohne Beinwechsel in einem Zug.

Der Vater kam zuletzt. Mit raschen Schritten lief er über den Plattenweg, roch kurz an einer Rose, lachte zu Stefan hinauf und verschwand im Haus.

Um 2 Uhr saßen alle bei den Klößen.

„So, nun erzähle, was los ist!“ sagte der Vater zur Mutter. Er hatte, als er sie begrüßte, auch sofort die grünen Schuhe gesehen

Die Mutter legte ihre Gabel hin und holte einen

Brief aus der Hosentasche. Der Brief war ein Luftpostbrief und trug eine ausländische Marke.

„Hurra, von Onkel Fritz!" rief Klaus. Er begann, vergnügt auf seinem Stuhl auf und ab zu hopsen.

„Lies vor, Mutti!" bat Stefan. „Jetzt gleich!"

Auch Ille setzte sich erwartungsvoll zurecht. Sagen konnte sie nichts, denn sie hatte den Mund gerammelt voll mit Kloß.

Die Mutter öffnete den Brief mit ihrem Obstmesser, lehnte sich zurück und las:

Ihr Lieben!

Euer Fritze ist krank. Er hat eine der schlimmsten Krankheiten, die es gibt, nämlich Heimweh. Es plagt ihn Tag und Nacht, und er kann gar nicht mehr lachen.

Sieben Jahre ist er nun fort von Deutschland. Er hat vergessen, wie Kartoffelpuffer schmecken und wie Schnee sich anfühlt. Er kann sich kaum noch erinnern, wie Grillen zirpen, wie Stiefmütterchen aussehen und wie es Weihnachten riecht. Er möchte das alles wieder genau wissen und deshalb schrecklich gern für ein halbes Jahr nach Deutschland kommen. Hättet Ihr Platz für ihn in Eurem Häuschen? Er würde etwas zum Wirtschaftsgeld dazugeben, denn er weiß ja, daß ihr nicht reich seid. Und er würde sich bestimmt ganz gesittet benehmen, viel gesitteter als hier im Urwald von Pernambuco. Er verspricht 1. sich immer gut die Füße abzuputzen, wenn er von draußen kommt, 2. keine Shorts anzuziehen, wenn er mit Euch ins Theater geht (das Theater bezahlt er!), 3. keine spanischen Flüche auszustoßen und 4. die Beine nicht auf den Tisch zu legen.

Wenn er kommen darf, was er innigst hofft, kommt er Anfang Oktober mit der ‚Santa Maria'. Und wenn er nicht kommen darf, stürzt er sich in den Atlantischen Ozean, dort, wo er am tiefsten ist.

Euer Euch heiß (43° im Schatten!)
liebender Fritz.

„Hurra!" schrie Klaus. Er sprang auf und tanzte wie rasend um den Tisch, so daß die Lampe zu wackeln begann.

„Ich werd' verrückt!" murmelte Stefan und nahm vor Begeisterung noch einmal von den Klößen, zum drittenmal.

Ille saß mit offnem Mund und großen Augen auf ihrem Stuhl. „Was hat Onkel Fritz geschrieben?" piepste sie. „Ich find mich da nicht durch, durch die vielen Stiefmütterchen und Grillen und all das Zeug."

Die Mutter lachte. „Onkel Fritz will für ein halbes Jahr nach Deutschland kommen, zu uns. Er fragt, ob es uns recht ist."

„Ja", nickte Ille, und ihre Augen strahlten, „es ist mir recht."

„Na, dann sind wir ja beruhigt", lachte der Vater.

Er wandte sich an seine Frau. „Und du? Was sagst du zu Fritz' Plan?"

„Ach Paul, ich kann es noch gar nicht fassen! Wie schön wird das sein, ihn nach so vielen Jahren wiederzusehen!"

„Ein Glück bloß, daß er Anfang Oktober kommt", meinte Stefan. „Da fangen gerade die Herbstferien an."

Ja, sagte Klaus, das sei wahrhaftig ein Glück. Er würde platzen, wenn er zur Schule müßte, während Onkel Fritz hier auf dem Sofa säße und von Pernambuco erzählte.

Sie wurden alle fünf immer aufgeregter und redeten schließlich wild durcheinander: von Onkel Fritz und vom Urwald und von Weihnachten und von der Hitze in Pernambuco und vom Heimweh. Die Klöße wurden kalt.

„Ich wußte gar nicht, daß Onkel Fritz verheiratet ist", ließ Ille sich plötzlich vernehmen.

Die Mutter sah sie verwundert an. „Verheiratet? Onkel Fritz? Aber nein! Wie kommst du denn darauf?"

„Er hat doch geschrieben, daß er seine Frau mitbringt!"

„Aber Ille!" rief jetzt der Vater. „Seine Frau? Wo steht denn das?"

Ille sah unsicher von einem zum anderen. „Er hat doch geschrieben ‚ich komme mit Tante Maria'", murmelte sie.

Die anderen sahen sie einen Augenblick verdutzt an, dann lachten sie los. Der Vater lachte so, daß ihm die Augen tränten.

„‚Santa Maria‘ hat Onkel Fritz geschrieben!“ rief er. „‚Santa Maria‘, so heißt doch das Schiff, mit dem er fährt.“

„Ach so“, murmelte Ille.

„Warum kommt er eigentlich nicht mit dem Flugzeug?“ fragte Stefan. „Mit ’nem Schiff dauert solche Reise doch ewig!“

„Onkel Fritz ist einmal mit einem Flugzeug abgestürzt, vor vielen Jahren, gleich nach seiner Ankunft in Pernambuco“, antwortete die Mutter. „‚Mich kriegen keine zehn Pferde mehr in ein Flugzeug‘, hat er damals gesagt.“

Stefan lachte. „Kann ich verstehen!“

„Abgestürzt? Echt abgestürzt?“ staunte Klaus.

Der Vater nickte. „Ja. Es muß furchtbar gewesen sein. Onkel Fritz hat als einziger überlebt. Er wurde beim Absturz aus der Maschine geschleudert und landete in einer Palme.“

„Und ihm ist nichts passiert?“

„Doch, etwas schon“, erwiderte der Vater. „Er hatte einige Knochenbrüche. Aber die Ärzte haben das wieder hinbekommen.“

Er faltete den Brief zusammen und steckte ihn ins Kuvert zurück. „Also dann schreib deinem Bruder, wie sehr wir uns alle freuen, wenn er kommt“, sagte er zu seiner Frau.

An diesem Abend konnten Stefan, Klaus und Ille vor Aufregung lange nicht einschlafen.

„Wo ist das eigentlich, Pernambuco?" fragte Ille unter ihrer rosa Wolldecke hervor.

„In Brasilien", sagte Stefan. „Pernambuco ist eine Gegend in Brasilien."

„Du bist schlau!" meinte Ille bewundernd. Sie zögerte kurz und fuhr dann etwas verlegen fort: „Und wo ist Brasilien?"

Stefan erklärte es ihr. „Brasilien liegt in Südamerika, an der Ostseite."

„Hm", machte Ille. Dann blieb es still in ihrer Ecke. Stefan und Klaus hörten sie nur zweimal tief seufzen.

„Du weißt wohl nicht, wo Südamerika liegt, was?" fragte Stefan

„Nee", flüsterte Ille.

Klaus wollte zuerst losprusten. Aber dann fiel ihm ein, daß er selbst vor zwei Jahren noch gedacht hatte, München liege am Rhein. „Südamerika ist drüben auf der anderen Seite von der Erde", sagte er.

„Ja", fügte Stefan hinzu, „und zwischen uns und Südamerika liegt ein riesiges Meer, der Atlantische Ozean." Er drehte sich auf den Bauch, stützte den Kopf in die Hände und schaute nachdenklich aus dem Fenster. „Wenn ich groß bin, wandere ich auch nach Pernambuco aus", murmelte er. „Und dann gründe ich eine Zuckerrohrplantage, wie Onkel

Fritz. Und nach Feierabend nehme ich mein Pferd und reite zu meinen Rinderherden und schaue nach, ob alles in Ordnung ist.“

„Zuckerrohrplantage?“ fragte Ille. „Was ist das?“ Sie fand, Zuckerrohrplantage hörte sich wunderbar an. Es klang nach Schlaraffenland.

Stefan überlegte, wie er es ihr klarmachen sollte. „Stell dir lauter Felder von Zuckerrohr vor, meilenweit Felder von Zuckerrohr. Und mittendrin ein Haus, in dem wohnt der Mann, dem die Felder gehören.“

„Hm“, machte Ille.

„Sie weiß nicht, was Zuckerrohr ist“, sagte Klaus zu Stefan. Er wandte sich an Ille. „Zuckerrohr ist eine Pflanze mit ganz dicken Stengeln, so eine Art hohes Gras, weißt du. Und in den Stengeln ist süßer Saft, aus dem wird Zucker gemacht.“

Ille faltete andächtig die Hände auf der Bettdecke. „Nächstes Jahr pflanze ich auch Zuckerrohr auf meinem Beet“, verkündete sie. „Und von dem Zukker, der dann kommt, koche ich uns allen Bonbons.“

Stefan lachte. „Auf den Zucker kannst du lange warten. Zuckerrohr wächst nur in ganz heißen Ländern.

„Was macht Onkel Fritz bloß mit dem vielen Zuckerrohr?“ grübelte Ille. „Er hat doch keine Kinder.“

Stefan wußte auch hierüber Bescheid. „Er verkauft es an Zuckerfabriken. Und von dem Geld, das er dafür bekommt, lebt er."

Ille meinte, dann sei Onkel Fritz bestimmt mächtig reich. Aber Stefan sagte, nein, so reich nun auch wieder nicht. Er müsse ja von dem Geld, das er für das Zuckerrohr bekomme, auch allerhand bezahlen: den Lohn für die vielen Arbeiter, die das Zuckerrohr pflanzten und ernteten; und das Benzin für die Autos, die das Zuckerrohr zur Fabrik brächten; und neue Autos, wenn die alten auf den holprigen Wegen kaputtgingen. „Onkel Fritz ist grade richtig", schloß er, „nicht zu arm und nicht zu reich."

„Kannst du dich eigentlich noch auf ihn entsinnen?" fragte Klaus zu Stefans Bett hinüber. Stefan war vier Jahre alt gewesen, als Onkel Fritz auswanderte, er selbst drei.

„Nur sehr undeutlich", sagte Stefan. Er setzte sich hoch und verschränkte die Arme auf den angezogenen Knien. „Ich weiß nur noch, daß er mich immer in die Luft geschleudert hat, wenn er zu Besuch kam. Und einmal hat er mir Türkischen Honig gekauft, auf dem Jahrmarkt."

„Ich kann mich noch genau an ihn erinnern", meldete Ille aus ihrem Bett.

Stefan und Klaus lachten. „Du?" rief Stefan. „Du warst ja noch gar nicht auf der Welt, als er nach Pernambuco ging!"

„So?" rief Ille gekränkt. „Und wenn ich euch nun sage, daß er mit mir im Zoo war und daß er mir

Lackschuhe geschenkt hat, was sagt ihr dann?"
„Dann sagen wir, du spinnst!" rief Klaus.
„Ich weiß sogar noch genau, wie er aussieht", murmelte Ille, aber es klang nun schon nicht mehr ganz so sicher. „Er hat blonde Locken und blaue Augen."
„Hör auf zu spinnen!" rief Stefan streng.
Ille zog sich erschrocken die Decke über den Kopf. Aber gleich darauf kam sie schon wieder drunter hervor und fragte hoffnungsvoll: „Glaubt ihr, daß er Locken hat?"
„Bloß nicht!" meinte Klaus. „Männer mit Locken sind mir ein Greuel!"
„Auf jeden Fall ist er bestimmt sehr schön!" Ille verschränkte die Ärmchen unter dem Kopf und sah träumerisch zur Zimmerdecke. „Er ist mein Lieblingsonkel."
„Kunststück!" lachte Stefan. „Wo wir nur diesen einen Onkel haben."
Ille kümmerte sich nicht um diesen Einwand. „Ich werde ihm etwas häkeln, das schenke ich ihm, wenn er kommt."
„O Gott", murmelte Klaus, „der Ärmste!"
„Was willst du ihm denn häkeln?" erkundigte sich Stefan.
Ille legte die Stirn in Falten und überlegte. Genau wüßte sie es noch nicht, meinte sie schließlich, aber wahrscheinlich einen Pullover.
„Na, dann mußt du dich beeilen", sagte Stefan.

„In ungefähr acht Wochen kommt Onkel Fritz doch schon.“

„Acht Wochen?“ Ille machte eine wegwerfende Handbewegung. „In acht Wochen häkele ich drei Pullover.“

„Hm“, meinte Stefan, „die Topflappen, die du Mutti letzte Weihnachten schenken wolltest, sind immer noch nicht fertig.“

Ille überhörte es. „Ich kann es gar nicht mehr abwarten, bis er kommt!“ stöhnte sie.

„Ich auch nicht“, seufzte Klaus.

„Leute, das wird ’ne Zeit, wenn er hier ist!“ rief Stefan. „Was meint ihr, was der alles zu erzählen hat!“

„Glaubt ihr, daß er uns was mitbringt?“ überlegte Ille.

„Bestimmt!“ Klaus nickte eifrig. „Leute, die von Übersee kommen, bringen meistens ganz dolle Sachen mit: ausgestopfte Vögel oder Alligatoren oder so was.“

„Allikantoren?“ erkundigte sich Ille. „Was ist das?“

„Alligatoren“, verbesserte Klaus. „Das sind so Tiere mit ’nem harten Panzer und ’nem langen harten zackigen Schwanz.“

„Igitt!“ sagte Ille. „Was macht man damit?“

„Man stellt sie auf die Kommode und zeigt sie allen Leuten und sagt, daß man sie von seinem Onkel aus Übersee hat.“

„Das ist Angabe“, meinte Ille. „Das ist mir zu blöd. Ich möchte lieber etwas Richtiges, etwas zum Freuen: Katzenzungen oder ’n Armband oder ’ne weiße Maus.“

„Seid doch nicht so gierig!“ rief Stefan ärgerlich. „Kaum schreibt einer, daß er uns besuchen will, schon brütet ihr darüber, was er euch mitbringen könnte. Die Hauptsache ist doch, daß er überhaupt kommt.“

„Aber ’n kleines Mitbringsel wär’ auch nicht schlecht“, murmelte Ille. „Wenn *ich* groß bin, bring ich den Kindern immer was mit: Katzenzungen, oder ’n Armband oder ’ne weiße Maus . . . “

Die Kinderzimmertür ging auf, und Frau Niemeier schaute herein. „Ihr schlaft ja immer noch nicht!“ sagte sie kopfschüttelnd. „Man hört euer Geschnatter bis ins Wohnzimmer!“

„Wir sind *zu* aufgeregt!“ sagte Stefan. „Wir *können* einfach nicht schlafen.“

„Wie sieht Onkel Fritz eigentlich aus, Mutti?“ fragte Klaus. „Ist er dir ähnlich?“

Frau Niemeier überlegte. „Nein, eigentlich nicht. Er ist blond . . . “

„Seht ihr!“ rief Ille triumphierend. „Und ihr wolltet mir nicht glauben, daß er blonde Locken hat.“

„Nein, Locken hat er nicht“, sagte die Mutter, „er hat glattes blondes Haar. Ihr kennt doch das Bild von ihm, im Fotoalbum.“

Ja, sie kannten es alle drei, aber es war schon ziemlich lange her, daß sie es zuletzt angesehen hatten. Sie bestürmten die Mutter, es zu holen. Sie ging hinaus und kam kurz darauf mit einer kleinen, etwas undeutlichen Fotografie wieder.

Ein junger Mann in kurzen Hosen und offenem Hemd war darauf zu sehen. Er trug einen Tennisschläger unter dem Arm und lächelte freundlich.

„Er sieht eigentlich noch ziemlich jung aus", meinte Stefan, „gar nicht wie 'n Onkel."

Die Mutter lachte. „Das Bild ist vor sieben Jahren aufgenommen, ehe er auswanderte. Da war er 21 Jahre alt. Inzwischen ist er bestimmt ein richtiger Onkel geworden."

„Scheint sehr sportlich zu sein!"sagte Klaus wohlgefällig. „Guck mal, die Mauken, Stefan!" Er wies auf Onkel Fritzens Waden.

„Mauken?" rief die Mutter. „Was ist denn das Gräßliches?"

„Muskeln", sagte Stefan. „Ja, er ist prima in Form."

Ille sagte gar nichts. Sie hielt das Bild mit ihren kleinen braunen Händen fest und starrte ernsthaft darauf nieder.

„Nun, Ille", fragte die Mutter, „magst du ihn?"

Ille nickte. „Er sieht aus wie der Prinz in Dornröschen", sagte sie ehrfürchtig.

„Nun, dann wirst du dich ja gut mit ihm verstehen", meinte die Mutter lächelnd. Sie nahm Ille das

Bild fort, gab jedem Kind noch einen Gutenachtkuß und befahl ihnen, jetzt endlich still zu sein.

„Wird gemacht“, sagte Stefan.

2

Die Wochen bis zu Onkel Fritzens Ankunft vergingen sehr langsam. Ende August schrieb er noch einmal, daß er sich riesig über die Einladung freue und daß das Schiff am 4. Oktober in Hamburg ankommen würde. Er werde dann noch am selben Tag mit dem Zug zu ihnen weiterfahren.

Bei Niemeiers begannen die Vorbereitungen für den Besuch. Das Fremdenzimmer oben unter dem Dach wurde frisch gestrichen. Frau Niemeier nähte neue Gardinen für die kleinen schrägen Fenster und eine hübsche buntgestreifte Decke für das Bett. Und Herr Niemeier tat einen langen Blick in seine Brieftasche und spendierte dann einen neuen blauen Teppich.

„Der wird sich freuen!“ sagte Klaus, als sie alle zusammen das fertige Zimmer ansahen. „So was hat er in Pernambuco bestimmt nicht.“

„Da muß er in einem wackeligen Bett schlafen, auf Stroh!“ sagte Ille. „Und nachts kommen lauter Würmer und Käfer aus dem Urwald und pieken ihn.“

„Na, na“, sagte der Vater, „ganz so schlimm ist es ja nun doch nicht. Er hat bestimmt ein ordentliches Bett und darüber ein Moskitonetz.“

„Ein Moskitonetz?“ staunte Ille. „Was ist denn das?“

“Das ist ein großes Netz aus Tüll oder Gaze, das auf einem Gestell über dem Bett hängt“, erklärte ihr der Vater. „Es sorgt dafür, daß er nachts nicht von Insekten gestört wird.“

Ille hörte mit offenem Mund zu. Sie müsse auch ein Moskitonetz haben, sagte sie. Jeden Abend käme eine Fliege und surre um ihren Kopf herum.

„Ein ganzes Moskitonetz wegen einer Fliege!“ lachte Stefan. „Du hast vielleicht Einfälle!“

„Wir können dir ja nachts eine Windel um den Kopf wickeln, das genügt“, meinte Klaus.

Ille knuffte ihn ärgerlich in die Seite. Und dann fragte sie den Vater, wieviel Tage es noch bis zum 4. Oktober seien. Es war heute schon das drittemal, daß sie ihn danach fragte.

Sie sprachen fast nur noch von Onkel Fritz.

„Die Jungens in meiner Klasse beneiden mich alle, daß ich einen Onkel in Pernambuco habe und daß er jetzt kommt“, berichtete Klaus. „Uwe Mertens hat mir ’ne getrocknete Blindschleiche geboten, wenn ich ihn Onkel Fritz nur ein einziges Mal angucken lasse.“

„Bist du etwa darauf eingegangen?“ fragte Stefan empört.

Klaus schüttelte den Kopf. „Ich bin doch nicht verrückt. Unser Onkel ist doch keine Jahrmarktsfigur."

„Grete Pütz von nebenan hat gesagt, Onkel Fritz ist bestimmt ein Neger, weil er aus einem so heißen Land kommt", erzählte Ille. „Aber ich hab zu ihr gesagt, ‚phh, wie kann er denn ein Neger sein! Er ist doch der Bruder von meiner Mutter! Wenn er ein Neger wäre, dann wäre meine Mutter ja eine Negerin, und ich wäre ein Negerkind!'"

„Ja", lachte die Mutter, „da hast du recht."

„Schade, daß er kein Neger ist", murmelte Ille.

„Wieso schade?" wollten die anderen wissen.

„Ach, nur so." Ille legte die Arme auf den Tisch und den Kopf auf die Arme. „Neger find ich schön. Die sind so dunkel . . ."

„Du merkst aber auch alles!" lachte Stefan.

Am 3. Oktober, einen Tag vor der Ankunft des Schiffes, stieg die Aufregung bei Niemeiers auf den Höhepunkt.

Frau Niemeier stand schon um 5 Uhr morgens auf und buk eine Torte. Als die Kinder um 7 Uhr verschlafen in der Küche erschienen, war die Torte bereits aus dem Ofen, und die Mutter garnierte sie gerade. „Für unseren Fritz!" schrieb sie mit Creme darauf. Dann verschwand die Torte im Kühlschrank.

Der Vater schnitt ein ovales Schild aus einem Pappkarton, strich es weiß an und malte dann mit grünen Buchstaben „Herzlich willkommen in der Heimat!“ darauf. Das Schild sollte, von einem dikken Dahlienkranz umgeben, morgen früh über die Haustür genagelt werden.

Stefan polierte noch fieberhaft an einem Serviettenring, den er für Onkel Fritz aus einem Stück Holz gebastelt hatte. Sein Kummer war der Name, den er in den Ring geschnitzt hatte. „Fitz“ stand darauf, denn Stefan hatte das r vergessen. Aber die Mutter sagte, Onkel Fritz würde bestimmt wissen, daß er gemeint sei.

Klaus ging murmelnd im Wohnzimmer auf und ab. Er lernte das Begrüßungsgedicht auswendig, das er für Onkel Fritz gedichtet hatte:

„Im fernen Pernambuco,
jenseits vom tiefen Meer,
wohnte ein einsamer Bursche.
Das Heimweh brannte sehr.

Da hat er ein Schiff genommen
und ging an Bord.
Das Schiff ist fortgeschwommen,
von Pernambuco fort.

Es trug ihn in die Heimat
zu seinen Lieben dort.
Nun jauchzten alle und sangen
und aßen Tort.“

„Tort?“ rief Ille. „Was soll denn das sein?“

Klaus warf ihr einen gekränkten Blick zu. „Tu doch nicht so dumm, Torte natürlich.“

„Torte? Aber warum sagst du dann Tort?“ wollte Ille wissen.

„Weil es sich sonst nicht auf ‚dort‘ reimt“, knurrte Klaus.

Ille wußte einen Ausweg. „Sag doch einfach ‚dorte‘, dann reimt sich Torte drauf.“

Klaus überlegte kurz und ging dann ratsuchend zu seiner Mutter. „Mutti, hör mal zu, wie findest du das:

Es trug ihn in die Heimat
zu seinen Lieben dorte.
Nun jauchzten alle und sangen
und aßen Torte.“

Frau Niemeier fand diesen Vers gut, viel besser als den mit Tort. Klaus entschied sich also, bei dieser Fassung zu bleiben.

„Dorte steht mein Bruder Klaus, ei, wie sieht er nüdlich aus!“ kicherte Stefan, während er seinem Serviettenring den letzten Schliff gab.

Klaus wollte ihm zuerst an den Hals springen. Aber dann besann er sich und sagte nur, mit einem Blick auf Stefans Arbeit:

„Dieser Ring für unseren Fitz, ei, wie ist er schön, potz Blitz!“

Da mußten sie alle lachen.

„So, Ille, und nun zeig mal den Pullover, den du gehäkelt hast!“ sagte Stefan.

Ille schlug verschämt die Augen zu Boden und murmelte, der Pullover sei noch nicht ganz fertig.

„Dacht' ich mir's doch!“ rief Stefan. „Was fehlt denn noch dran?“

Ille hielt die Augen weiter gesenkt und sagte leise, es fehlten noch das Vorderteil, das Rückenteil, ein Ärmel und von dem anderen Ärmel die Hälfte.

„Heiliger Bimbam!“ rief Klaus. „Dann hast du also in acht Wochen gerade einen halben Ärmel geschafft!“

Stefan guckte sehr erschrocken. „Wie stehst du jetzt vor Onkel Fritz da!“ rief er vorwurfsvoll.

Aber Ille sagte, sie stehe sehr gut da, sie habe nämlich doch etwas für Onkel Fritz, etwas viel Besseres als sie beide. Stolz holte sie ein in Weihnachtspapier gewickeltes Päckchen herbei und öffnete es. Zum Vorschein kam ein seltsames gefaltetes Gebilde aus grüner Wolle, das mit einem rosa Knopf geschlossen war.

„Wenn mich nicht alles täuscht, ist das doch der angefangene Ärmel!“ rief Stefan verblüfft.

Klaus nahm das Ding mit spitzen Fingern hoch und drehte es hin und her. „Gerechter Strohsack!“ murmelte er. „Was soll das darstellen?“

„Es ist ein Neesesehr!“ sagte Ille stolz. „Da kann Onkel Fritz seine Zahnbürste reintun und seine Seife.“

Stefan und Klaus waren sich sofort darüber klar, daß die Zahnbürste und die Seife in diesem Necessaire dauernd voll grüner Fusseln sein würden. Aber sie wollten ihre Schwester nicht unglücklich machen und behielten es für sich. Sie hofften, daß Onkel Fritz grüne Fusseln im Mund und grüne Fusseln am Hals nicht so wichtig nehmen würde. Im Urwald wurde man gegen solche Unbilden gewiß abgehärtet.

„'ne praktische Ader hast du auf jeden Fall!“ sagte Klaus anerkennend zu Ille. „Das soll dir mal einer nachmachen: aus 'nem halben Ärmel noch 'n Geschenk zu priemeln.“

Ille nickte zufrieden und wickelte das Necessaire wieder ein.

Da heute Samstag war, brauchte der Vater nicht in sein Büro zu gehen. Gemütlich saßen sie alle zusammen am Frühstückstisch.

„Vati, wann, glaubst du, wird Onkel Fritz morgen hier sein?“ fragte Stefan, während er sich ein Honigbrot strich.

„Ich schätze, gegen Mittag“, meinte der Vater. „Das Schiff kommt wahrscheinlich im Laufe des Vormittags in Hamburg an, und die Eisenbahnfahrt hierher dauert dann noch knapp zwei Stunden.“

„Zu schade, daß wir nicht wissen, mit welchem Zug Fritz kommt!“ sagte die Mutter. „Wir könnten ihn sonst vom Bahnhof abholen.“

„Hoffentlich erwischt er auch den richtigen Zug“,

überlegte Klaus. „Wenn er sich nun irrt und in einen verkehrten Zug steigt! Dann fährt er in die falsche Richtung, und wir sitzen inzwischen hier und warten ... “

Stefan und Ille erstarrten vor Schreck und blickten hilfesuchend zu den Eltern.

„Unsinn!“ sagte der Vater. „Fritz ist doch kein Kind mehr! Er wird schon aufpassen, daß er den richtigen Zug erwischt.“

„Aber wenn!“ bohrte Klaus weiter. „Er weiß ja hier nicht so Bescheid! Hier ist doch alles ganz anders als in Pernambuco!“

Illes weit aufgerissene Augen füllten sich mit Tränen.

„Und dann fährt er in die falsche Richtung“, schluchzte sie, „und wir sitzen inzwischen hier und warten und warten ... “

„Könnten wir ihn nicht in Hamburg vom Schiff abholen?“ rief Stefan verzweifelt.

Der Vater sah ihn verdutzt an. „In Hamburg? Vom Schiff? Moment mal ...“ Er lehnte sich zurück und schaute gedankenvoll gegen die Decke. „Das ist eigentlich gar keine schlechte Idee“, murmelte er. „Fritz würde sich bestimmt riesig freuen.“

Die Kinder sprangen jubelnd auf und fielen über den Vater her.

„Auf nach Hamburg!“ schrie Klaus.

Stefans Augen glänzten. „Nach Hamburg wollte ich schon immer mal!“ rief er entzückt.

Aber der Vater bremste ihre Begeisterung. „Halt!“ sagte er. „*Wenn* jemand nach Hamburg fährt, dann höchstens Mutti und ich. Die Fahrt wird doch sonst viel zu teuer.“

Ille brach sofort wieder in Tränen aus, Klaus zog einen Flunsch, und Stefan murmelte etwas, das wie „verdammter Mist“ klang. Und dann meinte er, *so* teuer könne es doch gar nicht sein. Sie führen doch alle drei noch auf Kinderbillet.

Aber der Vater blieb fest. „Es ist nicht nur die Fahrt allein. Wir müssen doch auch in Hamburg übernachten. Wenn wir morgen vormittag im Hafen sein wollen, können wir nicht erst morgen hier abfahren. Wir müßten spätestens heute abend in Hamburg ankommen.“

„Aber Paul“, mischte sich nun Frau Niemeier ein, „du denkst doch wohl nicht im Ernst daran, jetzt plötzlich mir nichts dir nichts nach Hamburg zu fahren! Fritz kann die kurze Strecke doch wirklich allein schaffen.“

„Natürlich“, sagte der Vater, „das kann er. Aber überlege mal, wie er sich freuen würde, wenn das Schiff anlegt, und wir beide stehen am Pier.“

Frau Niemeier nickte. „Sicher, freuen würde er sich schon . . .“

„Siehst du, das meine ich auch“, sagte der Vater. Er schaute auf seine Uhr. „Soviel ich weiß, geht kurz nach 11 Uhr ein Zug nach Hamburg. Wenn wir den erreichen, könnten wir uns heute nachmittag noch ein wenig in Hamburg umsehen. Und heute abend gehen wir ins Theater. Na, wäre das nichts?“ Er blickte seine Frau erwartungsvoll an.

Aber sie sah nicht so aus, als sei sie von diesem Plan begeistert. „Ich weiß nicht, Paul, das kommt alles so plötzlich ... Ich habe doch noch gar nichts für die Reise vorbereitet.“

„Aber das ist doch keine Reise!“ rief der Vater. „Das ist doch nur ein kleiner Rutsch, weiter nichts! Morgen mittag sind wir wieder zurück, zusammen mit Fritz!“

„Wenn ich wenigstens vorgekocht hätte!“ stöhnte die Mutter. „Was sollen die Kinder zu Mittag essen!“

Jetzt war es Stefan, der die Mutter beruhigte. „Laß man, Mutti, das mache ich schon. Ich koche Mohrrübeneintopf. Ich weiß, wie das geht.“

Klaus verdrehte die Augen und hielt sich die Hand auf den Magen. „Auch das noch!“ ächzte er.

Die anderen lachten, nur die Mutter blieb ernst. „Du lieber Gott!“ seufzte sie. „Wenn das bloß gut geht!“

Der Vater legte den Arm um ihre Schulter. „Nun mach dir mal nicht so viele Sorgen“, sagte er. „Warum soll es nicht gut gehen? Sie sind doch keine Säuglinge mehr!“

Stefan und Klaus standen ihm bei. „Wir sind doch schließlich zehn und elf Jahre alt!“ meinte Stefan.

Aber Ille hatte einen neuen, schrecklichen Gedanken. „Und wenn nun heute nacht ein Dieb kommt?“ flüsterte sie, und ihre Unterlippe begann zu zittern.

Klaus tippte sich gegen die Schläfe. „Bei dir piept's wohl! Warum soll denn ausgerechnet heute nacht ein Dieb kommen! Es ist doch noch nie einer gekommen!“

„Das meine ich auch“, nickte der Vater. „Du brauchst wirklich keine Angst zu haben, Ille.“

Die Mutter faltete ihre Serviette zusammen und stand auf. „Versprichst du mir auch, beim Kochen immer gut auf die Gashähne zu achten, Stefan?“ fragte sie.

Stefan nickte. „Bestimmt, Mutti. Du kannst dich drauf verlassen.“

„Und wenn es klingelt, schaut ihr immer erst nach, wer draußen ist!“ sagte der Vater. „Ihr laßt keinen Fremden in die Wohnung!“

„Natürlich nicht!“ lachte Klaus. „Das wäre ja schön blöde!“

„Wir sind doch keine Säuglinge mehr!“ rief Ille gekränkt.

Der Vater lachte. „Nun, dann ist ja alles in Ordnung. So, Gerda“, er wandte sich an seine Frau, „mach dich fertig. Wir packen nur das Nötigste ein, Nachtzeug, Waschzeug und Schluß.“

„Und mein neues blaues Kleid, fürs Theater“, sagte die Mutter, und nun lächelte sie schon ein wenig. Es war genau zu sehen, daß sie sich jetzt auch freute.

Ein halbe Stunde später waren Herr und Frau Niemeier reisefertig. Die Reisetasche stand gepackt im Flur, und Frau Niemeier hatte ihren hübschen weißen Hut auf. Sie übergab Stefan die Haushaltskasse und zeigte ihm, daß noch genau DM 244,68 darin waren. „Nimm nicht mehr als 20 Mark mit, wenn du einkaufen gehst", sagte sie, „und schreib alles auf, was du ausgibst."

Stefan schwor, die Haushaltskasse würde auf Heller und Pfennig stimmen, wenn sie morgen wiederkämen.

Der Hausschlüssel wurde Klaus anvertraut. „Wenn ihr ins Bett geht, schließt gut die Haustür ab, verstanden?" sagte der Vater.

„Selbstverständlich", sagte Klaus.

Ille hatte alles gespannt verfolgt. „Und was bekomme ich?" rief sie, als Haushaltskasse und Schlüssel verteilt waren.

Der Vater faßte sie unter den Armen und hob sie hoch, bis ihr Gesicht dicht vor seinem war. „Du bekommst einen Kuß", sagte er.

„Och", maulte Ille, „immer nur Küsse . . ."

Die anderen lachten.

Endlich, nach nochmaligen Ermahnungen und vielen Umarmungen, war es soweit. Eingehakt gingen der Vater und die Mutter durch den Vorgarten.

„Wenn ich das heute früh beim Aufwachen gewußt hätte, daß ich um 10 Uhr verreise!“ sagte die Mutter.

„Wahrscheinlich wärest du dann vor lauter Angst gar nicht erst aufgestanden“, lachte der Vater. Er öffnete die Gartenpforte, und sie traten auf die Straße. Vergnügt winkten sie den Kindern zu. Die drei standen auf der Haustürtreppe und wedelten zum Abschied wild mit Handtüchern und Servietten.

3

„So, nun aber ran an die Arbeit!“ sagte Stefan, als die Eltern um die Ecke verschwunden waren. „Ille, du machst die Betten. Und Klaus kann den Frühstückstisch abräumen.“

Ille war sofort einverstanden und verschwand in Richtung Kinderzimmer.

Aber Klaus sträubte sich. „Das fängt ja gut an!“ schimpfte er. „Du denkst wohl, du kannst uns hier einfach so herumkommandieren!“

Stefan versuchte, ihn zu besänftigen. „Ich teile doch nur die Arbeit ein, damit wir schneller fertig werden.“

„Aha“, sagte Klaus, „und welche Arbeit hast *du* dir ausgesucht, wenn ich fragen darf?“

Stefan nahm einen Bleistift aus der Schublade des

Küchentisches. „Ich mache mir Notizen“, sagte er.

„Notizen?“ Klaus sah mißtrauisch auf den Bleistift. Ob Stefan am Ende notieren wollte, was er und Ille alles ausfraßen, während die Eltern fort waren?

„Ich schreibe mir auf, was ich einkaufen muß“, sagte Stefan. Er setzte sich an den Küchentisch, legte die Stirn in Falten und begann, an dem Bleistift zu lutschen. „Also erst mal Mohrrüben“, murmelte er, „drei Bund Mohrrüben.“ Er schrieb es auf.

„Das brauchst du doch nicht aufzuschreiben“, meinte Klaus. „Das kann man doch so behalten.“ Er ergriff das Tablett und ging damit ins Wohnzimmer.

Stefan ließ sich nicht beirren. Er stützte den Kopf in die Hand und dachte nach, was er noch besorgen mußte. Aber ihm fiel nichts mehr ein.

Klaus kam mit dem vollen Tablett anbalanciert und trug es zum Abwaschtisch. „Wenn du schon mal beim Schreiben bist, dann schreibe ‚drei Pfund Bananen‘“, sagte er im Vorbeigehen zu Stefan.

Stefan war dafür nicht zu haben. „Drei Pfund Bananen? Nee, nee, dann sagt Mutti nachher, wir hätten zuviel ausgegeben.“

Aber Klaus ließ nicht locker. Obst sei gesund, und Mutti sei sehr dafür, daß sie gesund lebten. Und überhaupt brauchten sie ja etwas zum Nachtisch. Nach hartem Ringen erklärte Stefan sich schließlich bereit, drei einzelne Bananen zu kaufen. ‚Drei Bananen‘ schrieb er auf seinen Zettel.

In diesem Augenblick klingelte es.

„Mach mal auf, Klaus!“ sagte Stefan.

Klaus rannte auf den Flur und schaute durch das Guckloch in der Haustür. Draußen stand ein Postbote, aber nicht der, der täglich die Post brachte.

Klaus war vorsichtig. „Was wollen Sie?“ schrie er durch den Briefschlitz.

„Telegramm!“ rief der Postbote.

Klaus öffnete hastig die Tür. Ein Telegramm!

„Hier wohnt doch Niemeier, nicht wahr?“ fragte der Postbote.

Klaus nickte stumm und nahm das Telegramm entgegen. „Kostet es etwas?“ fragte er verdattert.

„Nein“, sagte der Beamte, „das kostet nichts.“ Er grüßte und ging zu seinem Fahrrad zurück.

Klaus warf die Haustür zu. „Stefan!“ schrie er. „Ein Telegramm!“

Er rannte in die Küche. Auch Ille kam angerannt.

„Ich werd' verrückt!“ sagte Stefan. Er nahm das Telegramm und starrte es an. „Ob wir es aufmachen dürfen?“

„Klar!“ meinte Klaus. „Es steht doch drauf ‚Familie Niemeier‘. Familie Niemeier, das sind wir doch auch!“

„Hoffentlich steht nichts Schlimmes drin!“ murmelte Stefan, während er das Kuvert aufschlitzte.

Klaus und Ille sahen atemlos zu, wie er das Telegramm entfaltete und mit erschrockenen Augen den Text überflog.

„Lies vor!" rief Klaus.

Stefan räusperte sich aufgeregt. Das Telegramm in seiner Hand zitterte. Seine Stimme stockte mehrmals, während er es nun laut las:

„Ankomme bereits Samstag, den 3. Oktober.

Herzlichst Fritz"

Als er fertig war, las er es noch einmal leise für sich und ließ es dann ratlos sinken. „Versteht ihr das?" wandte er sich an seine Geschwister.

Klaus nahm Stefan das Telegramm fort und las es selbst. „Hier oben steht Bordtelegramm!" rief er aufgeregt. Er zeigte es Stefan. „Das heißt wohl, daß das Telegramm auf einem Schiff aufgegeben ist?"

Stefan nickte, während er weiter stumm auf das Telegramm niedersah.

„Kann man denn das, von einem Schiff aus telegrafieren?" überlegte Klaus. „Auch, wenn es noch draußen auf dem Meer ist?"

Stefan nickte wieder. Murmelnd las er jetzt den Text zum drittenmal. „Ankomme bereits Samstag den 3. Okto . . . " An dieser Stelle stockte er plötzlich. „Kinder", rief er, „dann kommt Onkel Fritz ja schon heute! Heute ist doch der dritte! Dann warten Vati und Mutti morgen im Hafen ja ganz vergeblich auf ihn! Himmel, was machen wir denn nun bloß!" Er sprang auf und begann, erregt in der Küche hin und her zu laufen.

Ille sah ängstlich von einem zum andern. „Das Telegramm ist von Onkel Fritz, nicht?"

Klaus nickte. „Du merkst aber auch alles!" sagte er ärgerlich. Dann wandte er sich an Stefan. „Können wir Vati und Mutti nicht irgendwo erreichen?"

Stefan schüttelte den Kopf. „Nein. Wie denn? Wir wissen doch gar nicht, in welchem Hotel sie übernachten werden."

Auch Klaus begann nun, unruhig in der Küche auf und ab zu laufen. „Ich verstehe das alles nicht!" sagte er. „Erst schreibt Onkel Fritz immer, er kommt am 4. Oktober, und nun telegrafiert er auf einmal: am 3.!"

Stefan meinte, das läge sicher daran, daß Onkel Fritz mit einem Schiff käme. „Bei Schiffen ist das manchmal so, daß sich die Ankunftszeit verschiebt. Das hängt mit dem Wetter zusammen und mit der Flut."

„Ach so!" Klaus atmete auf. „Na, das wissen Vati und Mutti ja wohl auch. Dann stehen sie morgen wenigstens nicht ganz dumm da, wenn kein Schiff kommt."

Stefan nickte. „Zu schade nur, daß sie nun ganz umsonst hingefahren sind", meinte er.

„Ach", sagte Ille, „Hauptsache, es ist keiner gestorben. Manchmal steht in einem Telegramm, daß einer gestorben ist. Ich finde, unseres ist noch ein ganz gemütliches Telegramm."

Stefan und Klaus lachten. Aber dann fiel Stefan wieder ein, daß Onkel Fritz ja nun schon heute kommen würde und daß es deshalb höchste Zeit sei, mit der Wohnung fertig zu werden. Der Schreck überwältigte ihn so, daß er plötzlich ganz unsinnig zu arbeiten begann. Er drehte alle Wasserhähne auf, fegte mit dem Handfeger über den Küchentisch und stellte die Blumentöpfe vom Fensterbrett auf den Herd. Er raufte sich das Haar und rannte hierhin und dorthin, und erst als er Klaus' und Illes erstaunte Augen sah, hielt er inne. „Vor lauter Aufregung und Hetze wird man ganz verdreht", murmelte er verlegen.

Klaus nickte. „Ich glaube, es ist am besten, wenn

du erst mal auf den Markt gehst und die Mohrrüben holst", sagte er. „Ich mache inzwischen Ordnung."

Stefan fand, das sei eine gute Idee. Er zog sich seinen roten Pullover über und holte die Einkaufstasche aus der Speisekammer. Dann nahm er 10 DM aus der Haushaltskasse, steckte sie in sein Portemonnaie und tat das Portemonnaie in die Tasche.

„Darf ich mit auf den Markt?" bat Ille. „Die Betten sind alle fertig."

Stefan ging mit Ille ins Kinderzimmer, um ihr Werk zu betrachten. Ja, die Betten waren gemacht, das heißt, sie waren zugedeckt. Aber sie sahen so holperig aus, daß es einen Hund jammern konnte.

„Meine Arme sind etwas zu kurz", entschuldigte sich Ille ängstlich, als sie Stefans abfällige Miene sah. „Ich reiche noch nicht überall hin."

Stefan schaute auf die kleinen runden Arme seiner Schwester herab und dann auf die großen Betten, und da mußte er lächeln. Er bückte sich zu ihr hinunter und drückte sie hastig und ungeschickt an sich. „Ich finde, die Betten sind prima, für dein Alter", sagte er mit etwas heiserer Stimme. Ille tat einen erleichterten kleinen Seufzer und nahm Stefans Hand, und einträchtig gingen sie auf den Wochenmarkt.

Der Wochenmarkt war auf dem Schlesischen Platz und wie immer schrecklich voll. Es wimmelte von Leuten, die Kohlköpfe und Hühner und Blumensträuße kaufen wollten.

Stefan und Ille fanden es herrlich hier. Es roch überall so gut, und die Marktfrauen riefen so drollige Sachen. Und das Gedränge der Menschen gab einem das Gefühl, bei etwas ganz Wichtigem und Aufregendem mitzumachen. Sie hielten sich fest bei der Hand und ließen sich schieben. Mit langen Hälsen suchten sie nach dem Stand, an dem die Mutter immer ihr Gemüse kaufte.

Auf Wochenmärkten sind leider nicht immer nur Leute, die Rotkohl und Hühner und Blumensträuße kaufen wollen. Es sind manchmal auch welche dazwischen, die nach anderen Dingen Ausschau halten: nach offenen Handtaschen, in die man einen Griff tun kann. Solche Leute gehen gern dahin, wo Gedränge ist.

Auf dem Wochenmarkt am Schlesischen Platz war heute nur einer von dieser Sorte: Rudi. Er stand mit seinem Freund Karl neben einem Stand mit Rollmöpsen und eingelegten Heringen. Aufmerksam beobachtete er die Leute, die vorübergingen. Er hatte einen kleinen Bauch und ein freundliches Vollmondgesicht, und man konnte ihm nicht ansehen, daß er es auf fremde Portemonnaies abgesehen hatte. Aber er hatte es sogar sehr scharf darauf abgesehen. Er hatte schon große Erfahrung im Portemonnaie-Wegnehmen und ließ keinen Wochenmarkt aus, um nach solchen Gelegenheiten zu suchen. Karl, sein Freund, war noch Anfänger. Rudi wollte ihm erst beibringen, wie man so etwas macht. Aber das wußte Karl nicht. Er dachte, sie stünden einfach nur so hier und guckten sich ein bißchen um. Er fand es nett und gemütlich, in der Sonne zu stehen und den Leuten zuzusehen.

„Haste die beiden da vorne gesehen“, hörte er plötzlich Rudi fragen, „den Jungen mit dem roten Pullover und das kleine Mädel?“

Karl schaute in die Richtung, in die Rudi wies. „Ja. Was is mit denen?“

Rudi lachte. „Die Neesen egalweg in der Luft und das Portemonnaie lose in der Tasche!“

„Na und?“ Karl hob fragend die Augenbrauen.

„Mann!“ murmelte Rudi und stieß Karl in die Seite. „Das wäre doch 'ne Gelegenheit. Ein Griff, und das Portemonnaie gehört uns! Los, komm!“

Aber Karl wollte nicht. Er hatte zwar schon ein paar krumme Sachen gemacht: einmal war er ohne zu bezahlen aus einem Lokal gegangen, wo er zwei Paar Würstchen gegessen und ein Glas Bier getrunken hatte; und ein andermal hatte er in einem Laden eine große Apfelsine gestibitzt und auf der Straße aufgegessen; und in der Straßenbahn bezahlte er nie, sondern mogelte sich immer so durch. Aber Portemonnaies hatte er bisher noch nicht gestohlen. „Nee, nee“, sagte er zu Rudi, „lieber nich!“

Rudi sah ihn schräg von der Seite an. „Du hast wohl Angst, was?“

„Ich?“ Karl warf sich in die Brust. „Die Sache möcht ich erst mal sehen, vor der ich Angst hab'!“

„Na, dann los! Komm!“ sagte Rudi.

Karl bohrte die Hände in die Hosentaschen und setzte sich widerwillig in Bewegung. „Große Lust hab' ich nich zu so was“, murmelte er. Sehnsüchtig blickte er zu den Rollmöpsen zurück.

Rudi lachte. „Wer hat schon Lust zu arbeiten! Aber ohne Arbeit kein Vergnügen! Was glaubst du, was du für 'n Spaß hast, wenn du dir hinterher was Anständiges kaufen kannst: 'n neues Oberhemd, oder 'ne Buddel scharfen Schnaps oder 'n Riesenkasten Pralinen für deine Freundin!“

Karl überlegte, ob man das, was sie hier vorhatten, Arbeit nennen konnte. Er selbst fand eigentlich, daß es mit richtiger Arbeit nichts zu tun hatte. Aber Rudi nannte es Arbeit, und so war es wohl auch welche. Rudi war soviel klüger und weltgewandter als er, der würde es schon wissen. Er bewunderte Rudi: seinen Mut und seine Schneidigkeit und die tollen Einfälle, die er immer hatte.

„Los, fix, sie sind schon da vorne!“ sagte Rudi und begann, schneller zu gehen. Karl trabte hinterher. Sie holten die Kinder ein, als die beiden grade den richtigen Gemüsestand gefunden hatten. Unauffällig stellten sie sich hinter sie, so, als wollten sie auch Gemüse kaufen.

„Hier noch mal der prima Blumenkohl, schneeweiß und fest!“ schrie die Marktfrau. „Porree, meine Damen, Sellerie, Mohrrüben . . . Na, was soll's denn sein, Kinderchen?“

„Mohrrüben, bitte", sagte Stefan, „drei Bund Mohrrüben!"

Die Marktfrau breitete eine alte Zeitung vor sich aus, packte drei Bund Mohrrüben darauf und wikkelte sie ein. „Seid ihr nicht die Kinder von Frau Niemeier?" fragte sie.

Stefan und Ille nickten.

„Das ist aber lieb, daß ihr für eure Mutter einkaufen geht", sagte die Marktfrau. „Dann wird sie heute früher mit der Arbeit fertig."

„Mutti ist doch verreist!" sagte Ille. „Sie ist mit Vati nach Hamburg gefahren."

„Und ihr seid nun ganz allein zu Hause?" staunte die Marktfrau.

Stefan beruhigte sie. „Vati und Mutti kommen ja schon morgen zurück."

„Morgen schon?" sagte die Frau. „Na, das geht ja. Und inzwischen hütet ihr das Haus, was?"

Stefan nickte.

„Stefan kocht sogar!" verkündete Ille stolz. „Mohrrübeneintopf!"

„Ich staune!" rief die Marktfrau. „Ihr seid ein paar tüchtige Kinder!" Sie reichte den beiden das Paket Mohrrüben über den Tisch und sagte, es koste 90 Pfennige.

Während Stefan sich noch nach Bananen erkundigte, zog Rudi Karl beiseite.

„Haste das gehört?" flüsterte er aufgeregt.

„Das mit den Mohrrüben?" Karl lachte leise.

„Junge, Junge, von dem Zeug möchte ich nicht essen, was die zusammenbrauen!"

Rudi wurde wütend. „Es geht hier nich um Mohrrüben, Mann! Es geht um Geld!"

„Meinste das Portemonnaie?" fragte Karl unbehaglich. Hoffentlich verlangte Rudi nicht von ihm, daß er das Portemonnaie fortnehmen sollte!

Aber Rudi hatte schon wieder andere, noch kühnere Pläne. „Portemonnaie!" Er machte eine wegwerfende Handbewegung. „Ich werd' mich doch nich mit 'nem schäbigen Portemonnaie abgeben, wenn ich 'n ganz großes Ding drehen kann!"

„Was für 'n Ding?" fragte Karl ahnungslos.

„Mensch, begreifst du denn nich?" flüsterte Rudi. „Zwei Kinder ganz allein inner Wohnung! Und die Alten kommen erst morgen zurück! Wenn das nich 'ne einmalje Schangse is!"

Karl erbleichte. „Mann! Rudi! Du wirst dich doch nich an 'n paar unschuldigen Kindern vergreifen!"

„Wer sagt denn das!" flüsterte Rudi. „Kein Haar krümmen wir denen. Ich hab' schon 'ne Idee . . . Los, sie haun ab! Hinterher! Aber vorsichtig, daß sie uns nich sehen!"

Karl blieb wie angenagelt stehen. „Nee", murmelte er, „geh man lieber allein. Mir is nich nach so was."

„Dir is nich nach so was?" Rudis Zornesader schwoll. „Und was haste mir gestern abend in Lehmanns Kneipe geschworen, beim Bier? Ewige Treue bis zum Grabe haste mir geschworen! 'ne schöne Treue is das, das muß ich sagen!“ Er lachte bitter.

Karl fuhr sich unbehaglich mit dem Zeigefinger in den Kragen, so als würde der ihm zu eng. „Zu mein' Wort steh ich auch. Aber Rudi, du mußt doch einsehen . . .“

Nein, Rudi wollte nichts einsehen. Seine Geduld war zu Ende. „Kommste nu oder kommste nich?“ fragte er scharf.

Karl seufzte tief und schaute unschlüssig auf seine Schuhe.

„Da vorne sind se!“ sagte Rudi. „Komm schnell!“ Er faßte Karl beim Ärmel und zog ihn mit sich.

Stefan und Ille waren schon in der Bismarckstraße. Sie gingen bis zur Kreuzung Mühlendamm und warteten dort, bis grünes Licht kam. Dann liefen sie über die Fahrbahn, gingen noch ein Stück in der Bismarckstraße weiter und bogen dann in die Kirchstraße ein. Rudi und Karl folgten ihnen in 50 m Abstand. Einmal mußten sie stehenbleiben, denn Stefan und Ille blieben auch stehen: Sie holten die Bananentüte aus der Tasche und nahmen sich jeder eine Banane. Vergnügt schwatzend und selig an ihren Bananen nuckelnd zogen sie dann weiter. Rudi und Karl folgten ihnen. Sie folgten ihnen die ganze Kirchstraße hinunter und dann rechts um die Ecke in die Mozartstraße. Dort verschwanden Stefan und Ille in dem kleinen weißen Häuschen, das ihr Zuhause war. Rudi und Karl blieben stehen.

„Glück muß der Mensch haben!“ sagte Rudi zufrieden. „Nu wohnen sie auch noch in ’n Einzelhaus!“

„Wieso ist das ’n Glück?“ fragte Karl. Er selbst fühlte sich höchst unglücklich.

Rudi lachte väterlich. „Man merkt, du bist noch nich lange bei unsrer Zunft. Einzelhaus is immer gut. Erstens is da meistens mehr zu holen als inner Mietswohnung. In Einzelhäusern wohnen ja gewöhnlich die reichen Leute. Und zweitens sind da die Nachbarn nich so dichte bei wie auf ’ner Etage. Da kann so leicht keiner stören.“

„Hm“, machte Karl. Er schaute unruhig die Straße hinunter und überlegte, ob er einfach wegrennen sollte, weg von Rudi.

„Und nu werd’ ich dir mal erklären, wie ich mir die Sache gedacht hab’“, sagte Rudi. Er zog eine Zigarettenschachtel aus seiner Tasche, bot Karl eine Zigarette an, nahm selbst eine und gab Feuer: „Also paß auf: Einer von uns klingelt bei ihnen und sagt, er wär’ vom Elektrizitätswerk, er müßte mal die Leitungen prüfen. Wenn er dann drin is, fummelt er ein bißchen an den Steckdosen rum und sieht sich inzwischen um, ob da was zu holen is: Silber oder Schmuck oder auch ’n bißchen Pinke-Pinke. Das steckt er dann unauffällig in seine Hosentaschen. Und wenn er dann anstandshalber noch ’n paar Minuten weitergefummelt hat, sagt er ‚Alles in Ordnung' und verduftet. Der andere steht inzwischen hier an der Ecke Schmiere und paßt auf, daß der im Haus nich bei der Arbeit gestört wird."

Karl hatte dem Vortrag mit offenem Mund gelauscht. „Hm", sagte er jetzt, und seine Stimme zitterte etwas, „hört sich nicht schlecht an." Verdammt noch mal, dachte er, nein, das hörte sich tatsächlich nicht schlecht an! Das war ja direkt ein Kinderspiel! Dabei konnte wirklich nichts passieren.

Rudi reckte sich stolz. „Is doch meine Rede! Is 'n Klacks!" Er paffte ein paarmal aufgeregt und redete dann weiter. „Und wenn er etwas sieht, was man nich so einfach einstecken kann, 'n echten Teppich zum Beispiel oder 'n Fernsehapparat, dann könnten wir ja vielleicht heute nacht noch mal 'n Abstecher hermachen."

„Heute nacht?" Karls Begeisterung fiel jäh in sich zusammen. „Nee, für nachts bin ich gar nicht. Nachts is gemein. Was glaubste, wie die Kleenen sich erschrecken, wenn da plötzlich nachts einer an ihr'n Bette steht!"

Rudi lachte verächtlich. „Du redest wie 'n Kindermädchen. Aber wie ich mich erschrecke, wenn ich plötzlich kein Geld mehr hab', danach fragste nich! Auf mich nimmste nich sone zarte Rücksicht! Und überhaupt, wenn ich gewußt hätte . . ." Rudi redete sich immer mehr in Fahrt und wurde immer lauter und aufgeregter.

Karl sah sich ängstlich um, ob niemend sie hören konnte. „Is ja schon gut, Rudi", sagte er besänftigend, „beruhige dich doch! Ich mach ja mit. Bloß nachts . . . ich weeß nich . . ."

„Vorläufig is ja noch nicht Nacht", sagte Rudi. „Vielleicht kriegen wir ja auch am Tage alles raus."

Karl nickte erleichtert. „Eben. Und wann gehste nu klingeln? Jetzt gleich?" Er konnte es auf einmal nicht mehr abwarten.

„Ich?" Rudi riß erstaunt die Augen auf. „*Du* gehst klingeln!"

Karl erstarrte. „Ich?" rief er. „Warum denn ausgerechnet ich?"

„Wegen deiner Figur, Mann!" antwortete Rudi. „Weil du schlank bist! Die Leute vom E-Werk sind immer schlank, vom vielen Treppensteigen, weißte. Die haben nich so 'n Bauch wie ich. Das glaubt mir doch kein Mensch, daß ich vom E-Werk bin." Rudi schlug sich mit der Hand auf den Bauch, so daß der Bauch erzitterte.

„Ich soll da rein?" Karl hob flehend die Hände. „Tu mir das nicht an, Rudi! Ich hab' kein Talent zu so was!"

„Dazu brauchste kein Talent", sagte Rudi. „Das schafft jeder, auch der Dümmste. Wenn ich nich den Bauch hätte, würd' ich mir direkt 'n Vergnügen aus der Sache machen. Aber mit dem Bauch . . . Ich steh derweile Schmiere."

„Rudichen", bettelte Karl mit erstickter Stimme,

„sei doch ein Mensch! Sag, daß ich da nich rein muß! Ich steh meinetwegen 24 Stunden lang Schmiere für dich, aber da rein . . . "

Jetzt platzte Rudi der Kragen. „Karl!" schrie er. „Biste mein Freund oder bistes nich?"

„Klar bin ich dein Freund", stotterte Karl erschrocken, „ich . . . ich . . . "

„Also dann los", sagte Rudi. „Ich spendier dir noch 'n Korn drüben in der Kneipe, damit du etwas Mumm in die Knochen kriegst. Und dann nichts wie ran! Einverstanden?"

Karl nickte ergeben.

4

Während Stefan und Ille auf dem Markt waren, hatte Klaus sehr viel zu tun. Er mußte moppen, staubwischen und das Badezimmer aufräumen. Und er mußte eine Vase kitten, die er beim Staubwischen heruntergestoßen hatte. Als Stefan und Ille zurückkamen, sah es überall sehr ordentlich aus. Nur die Küche hatte Klaus nicht mehr geschafft. Das schmutzige Geschirr vom Frühstück stand immer noch herum.

„Das machen wir alle drei zusammen, während das Essen kocht", sagte Stefan. „Jetzt muß ich mich erst mal um die Mohrrüben kümmern." Er band sich eine Schürze vor, nahm ein Messer aus der

Schublade und schnitt den Morrüben ritsch-ratsch das Grün ab.

„So, und nun?“ fragte Ille gespannt.

„Jetzt werden die Mohrrüben geschabt“, sagte Stefan.

Aber Klaus meinte, schaben sei altmodisch. Dabei gingen die Vitamine verloren, die säßen nämlich dicht unter der Schale. „Mutti bürstet Mohrrüben bloß immer unter dem Hahn“, sagte er.

Da sie die Bürste nicht fanden, mit der die Mohrrüben sonst gebürstet wurden, beschlossen sie, die Nagelbürste zu nehmen. Stefan bürstete, daß ihm der Schweiß ausbrach.

„Ich kann ja inzwischen schon die Kartoffeln schälen“, sagte Klaus.

Ille half ihm, die Kartoffeln aus der Kiste zu suchen. Sie taten sie in eine Schüssel, spülten sie ab, und Klaus begann zu schälen.

Stefan war inzwischen mit dem Bürsten der Mohrrüben fertig geworden und schnippelte sie jetzt klein. Mit aufgestützten Armen kniete Ille am Küchentisch und sah ihren Brüdern zu. Stefan schob ihr gerade ein Stückchen Mohrrübe in den Mund, da klingelte es.

„Oh“, schrie Ille, „das ist bestimmt Onkel Fritz!“

„Was? Schon?“ Stefan sah sich verstört in der unordentlichen Küche um.

Auch Klaus war sehr erschrocken, verlor aber nicht die Nerven. Mit einer großzügigen Armbewegung fegte er Kartoffelschalen, Mohrrübengrün und Zeitungspapier vom Küchentisch und schob alles mit den Füßen unter den Herd. „Hier“, schrie er und warf Stefan ein Küchenhandtuch zu, „deck das schmutzige Geschirr zu!“

Stefan breitete das Küchenhandtuch zitternd über Tassen, Teller, Kannen, Milchtöpfen und Bestecke. „Onkel Fritz!“ ächzte er. „Ich werde wahnsinnig!“

Ille war schon hinausgelaufen, um zu öffnen. Da sie noch nicht bis zum Guckloch in der Haustür reichte, hob sie die Klappe über dem Briefschlitz und schaute hindurch. Sie sah zwei Männerbeine in karierten Hosen.

„Onkel Fritz!“ schrie sie, und dann noch einmal, zur Küche gewandt: „Stefan! Klaus! Es ist Onkel Fritz!“

Hastig, mit vor Freude bebenden Händen, öffnete sie die Tür. Draußen stand Karl und lächelte verwirrt.

„Onkel Fritz!“ schrie Ille entzückt, „ich wußte ja, daß du es bist!“ Sie sprang Karl mit solcher Wucht an den Hals, daß er fast hintenüber fiel.

„'n Tag“, stotterte er, als er sie wieder auf die Erde gestellt hatte, „ich bin ... ich wollte bloß mal ... “

„Komm doch erst mal rein!“ sagte Ille. Sie nahm seine Hand, zog ihn ins Haus und warf die Tür zu. Drinnen umarmte sie ihn noch einmal ungestüm. „Oh, ich freu mich so, ich freu mich so, daß du da

FLYERS

bist!“ stöhnte sie. „Stefan! Klaus! Onkel Fritz ist da!“

Stefan und Klaus waren natürlich noch längst nicht fertig mit Aufräumen. Verzweifelt blickten sie auf den schmutzigen Küchenfußboden, die nasse, schmierige Tischplatte, den Geschirrberg unter dem Handtuch. Alles sollte blinken, wenn Onkel Fritz kam, hatte die Mutter gesagt. Und wie sah es hier aus!

„Komm“, sagte Klaus, „jetzt ist es doch nicht mehr zu ändern.“

Stefan rieb sich mit dem Geschirrtuch über sein schweißnasses Gesicht. „Sind meine Haare ordentlich?“ fragte er.

Klaus nickte. „Nun komm schon! Was soll Onkel Fritz denken, wenn wir so trödeln!“

Mit einem letzten traurigen Blick auf die Küche schoben sie sich zur Tür und öffneten sie. Im Flur stand Ille eng umschlungen mit einem blonden jungen Mann, der verlegen zu ihnen herüberlächelte.

Beide Jungen erschraken. Das war Onkel Fritz? Sie hatten ihn sich ganz anders vorgestellt, viel vornehmer, nicht so mit offnem Hemd und ungebügelten Hosen . . . Sie hatten gedacht, man würde es ihm sofort ansehen, daß er aus einem fremden Land kam und wochenlang übers Meer gefahren war: an vielen prallen Koffern und Taschen, an einem Fernglas, das er vor der Brust trug, und an einem mächtigen Fotoapparat. Braungebrannt würde er sein, hatten sie gehofft, und vielleicht sogar einen Tropenhelm aufhaben. Und nun stand er da so seltsam kahl und blaß und ärmlich. Kein Koffer war zu sehen, kein Fernglas, kein Fotoapparat. Seine Hände waren leer, als sei er nur mal schnell von der Straße hereingekommen.

Sie würgten alle beide an ihrer Enttäuschung. Und sie schämten sich zugleich, daß sie enttäuscht waren und sich gar nicht freuten. Onkel Fritz lächelte sie doch so lieb an, in seinen armen krummen Hosen . . .

Ille nahm Karl bei der Hand und führte ihn strahlend zu ihren Brüdern. „Onkel Fritz, das ist Stefan und das ist Klaus!"

„'n Tag, Jungs", murmelte Karl. Er hielt zuerst Stefan die Hand hin.

Stefan machte eine steife Verbeugung. „Guten Tag, Onkel Fritz", würgte er hervor. Und dann gab er sich einen Stoß und fügte leise hinzu: „Fein, daß du da bist."

Karl nickte und gab nun Klaus die Hand.

„Guten Tag, Onkel Fritz", sagte Klaus gepreßt. Dann verstummte er wieder und schaute mit unglücklichem Gesicht an diesem Onkel Fritz vorbei auf die Flurgarderobe. Plötzlich fühlte er, wie ihn jemand am Ärmel zog.

„Das Gedicht!" flüsterte Stefan.

Klaus schüttelte den Kopf. Nein. Um nichts in der Welt hätte er jetzt das Gedicht aufsagen können.

Ihm war nicht danach zumute. Am liebsten wäre er ins Kinderzimmer gestürzt und hätte sich dort, so wie er war, in sein Bett verkrochen.

„Los doch!“ flüsterte Stefan und zog ihn wieder am Ärmel.

Klaus machte sich heftig frei. „Bitte komm doch ins Wohnzimmer, Onkel Fritz!“ sagte er hastig zu dem stumm und benommen dastehenden Karl.

Ille rannte schon vor und öffnete die Wohnzimmertür, und die anderen drei marschierten hinterdrein.

Niemeiers Wohnzimmer war sehr hübsch. Mit seinem hellen Teppich und den hellen Möbeln, den blauen Sesselbezügen und den gelben Vorhängen sah es heiter und gemütlich aus. Karl blickte sich bewundernd um.

„Bitte, setz dich doch, Onkel Fritz!“ sagte Stefan. Er rückte Karl einen Sessel zurecht.

Karl ließ sich aufseufzend hineinfallen. Er lehnte sich zurück, streckte die Beine weit von sich und knurrte: „Ahhhhh! Das tut gut!“

Ille schob ihm ein Kissen in den Rücken. „Du bist bestimmt müde von der Reise“, sagte sie mütterlich.

Karl nickte. Seine Augen wanderten durch das Zimmer. „Schön habt ihr's hier!“ sagte er. „Ist der Teppich echt?“

„Der Teppich?“ fragte Stefan und sah ihn erstaunt an. „Ich weiß nicht.“

Es entstand eine verlegene Pause, das heißt, verlegen waren nur Stefan und Klaus. Karl schien sich wohl zu fühlen, und Ille tänzelte selig um ihn herum.

Wenn bloß Vati und Mutti hier wären, dachte Stefan verzweifelt. So schwer hatte er es sich nicht vorgestellt, mit Onkel Fritz zu reden.

„Du mußt entschuldigen, daß Vati und Mutti nicht da sind, Onkel Fritz“, sagte Klaus. „Sie sind dir nach Hamburg entgegengefahren, um dich vom Schiff abzuholen.“

„Sie wußten ja nicht, daß du früher kommst!“ fügte Stefan hinzu.

„Macht nichts“, sagte Karl freundlich. Er räkelte sich wohlig in seinem Sessel. „Ach Leute, hier gefällt mir's!“

„Wie kommt es denn, daß du so viel früher hier bist?“ erkundigte sich Stefan.

Karl kratzte sich hinterm Ohr. „Wie das kommt? Ja, das is sone Sache. Ich ... iche ... ich bin nämlich mit dem Flugzeug gefahren. Mit dem Flugzeug geht's ja schneller.“

Stefan und Klaus sahen ihn verdutzt an.

„Mit dem Flugzeug?“ rief Klaus. „Ich denke, du hast Angst vorm Fliegen!“

„Na ja ...“ Karl überlegte. „Also ... also 'n bißchen schon ... Aber dann hab ich mich zusammengerissen. Stell dich nicht so an, hab ich zu mir gesagt. Und dann bin ich losgeflogen!“

„Aber dein Telegramm war doch auf dem Schiff aufgegeben!“ rief Stefan.

Karl rutschte nervös in seinem Sessel hin und her. „Auf dem Schiff? Auf dem Schiff, na klar. Zuerst war ich ja auch auf 'nem Schiff."

„Ja, und dann? Warum bis du dann mit dem Flugzeug weitergefahren?" fragte Klaus. Er fand Onkel Fritz plötzlich sehr interessant.

„Weil ... weil nämlich ..." Karls Gesicht verdüsterte sich. „Ich kann's euch ja sagen, Jungens: Das Schiff ... das Schiff ist untergegangen. Jawohl, so war das. Das Schiff ist untergegangen, und dann bin ich mit 'nem Flugzeug weitergeflogen."

Die drei Kinder starrten ihn fassungslos an.

„Untergegangen?" rief Stefan. „Richtig untergegangen?"

Karl nickte und legte, von Selbstmitleid übermannt, die Hand über die Augen. „Es war furchtbar!" flüsterte er.

Ille warf sich über ihn und umarmte ihn heftig. „Armer lieber Onkel Fritz!" stammelte sie.

„Mann Gottes!" rief Klaus. „Wo ist das Schiff denn untergegangen? Schon draußen auf dem Atlantik oder erst in der Nordsee?"

Eine Falte erschien über Karls Nase. „Auf 'm ... auf 'm Dings, nee, ich meine inner Nordsee", stotterte er. „Jungs, laßt mich erst mal verpusten. Ich bin noch ganz durcheinander von dem Unglück."

„Erzählst du es uns nachher?" bat Stefan.

Karl nickte. „Sag mal, habt ihr was zu trinken?"

„Ja, natürlich!“ sagte Stefan. „Was möchtest du: Kaffee, Tee oder Milch?“

Karl faltete die Hände über dem Magen und sah träumerisch auf seine Fußspitzen. „Habt ihr nich ’n kleines Schnäpsken oder ’n Korn oder so was?“ fragte er bescheiden.

Doch, das hatten sie. Im Bücherschrank stand eine Flasche, in der so etwas war. Manchmal, vor dem Abendbrot, trank der Vater ein Gläschen daraus. Und wenn Besuch kam, wurde ihm auch davon eingeschenkt.

Stefan lief zum Bücherschrank und holte die Flasche heraus. Er las vor, was auf dem Etikett stand: „‚Feiner alter Weinbrand‘. Ist das richtig, Onkel Fritz?“

„Ja“, sagte Karl, „genau. Gib her!“ Er entkorkte die Flasche.

„Ich hole ein Glas!“ rief Klaus und rannte schon zur Tür.

Aber Karl wollte kein Glas. „Laß man, Junge“, sagte er, „nich nötig.“ Er setzte die Flasche an den Mund und trank. Der Schnaps gluckerte seine Kehle hinunter.

Stefan, Klaus und Ille staunten. So also ging es im Urwald zu, so ungezwungen und natürlich! Schön mußte es im Urwald sein!

Nachdem Karl einen tüchtigen Schluck genommen hatte, setzte er die Flasche ab. „Ahhhh!“ krächzte er. „Das hat gut getan! Das hat mich wieder 'n bißchen aufgerichtet nach dem schrecklichen Unglück."

Ille umschlang seinen Hals. „Armer, armer Onkel Fritz!" flüsterte sie mit tränenerstickter Stimme.

Karl tätschelte gerührt ihren Rücken. „Nun ja doch, Mäuschen", murmelte er, „nun ja doch!"

„Wo hast du eigentlich deinen Koffer?" fragte Klaus.

Karl erschrak. „Meinen ... äh ... meinen Dings? Meinen Koffer? Mein Koffer ... äh ... mein Koffer ist auch untergegangen. Ja."

„Der Koffer auch?" rief Ille enttäuscht. „Und die ganzen Mitbringsel?"

Stefan stieß sie ärgerlich in die Seite. „Nun sei doch still!" zischte er. Dann wandte er sich hastig an Karl: „Möchtest du vielleicht etwas essen, Onkel Fritz? Das Mittagessen ist noch nicht ganz fertig, aber wir könnten dir ja schnell vorher etwas machen, wenn du Hunger hast."

Karl lächelte erfreut. „Hm, was zu essen wär' nicht schlecht. Habt ihr Eier?"

Stefan und Klaus nickten.

„Na, dann haut mal 'n paar Eier in die Pfanne, Jungs!" sagte Karl.

5

In der Küche redeten Stefan und Klaus zuerst kein Wort. Schweigend holten sie die Bratpfanne hervor, taten Fett hinein, zündeten das Gas an und setzten die Pfanne auf die Flamme. Sie nahmen drei Eier aus der Speisekammer, und als das Fett heiß geworden war, schlug Stefan sie in die Pfanne. Erst als die Eier sacht zu brutzeln begannen, fing Klaus als erster zu sprechen an.

„Wie findest du ihn?“ fragte er leise und etwas bedrückt.

Stefan nagte verlegen an seiner Unterlippe. „Er ist sehr freundlich, nicht?“ sagte er schließlich. „Daß er so komisch spricht, dafür kann er ja nichts. Er war ja so lange weg von Deutschland.“

Klaus nickte eifrig, aber dann verdüsterte sich sein Gesicht wieder. „Findest du nicht ...“ er zögerte, „findest du nicht, daß er etwas ... etwas muffig riecht?“

„Ja“, sagte Stefan. „Mir ist das allerdings auch aufgefallen.“ Er blickte starr auf die Eier.

„Es liegt sicher daran, daß sein Anzug nicht ganz sauber ist“, murmelte Klaus. „Ich weiß nicht, ob man so etwas von seinem Onkel sagen darf, aber es stimmt doch, nicht?“ Er sah Stefan an, mit einem ängstlichen, unglücklichen Blick.

Stefan spürte einen dicken Kloß im Hals und hätte am liebsten laut losgeheult: über seinen armen, unglücklichen Bruder, über den armen Onkel Fritz, der keinen sauberen Anzug hatte, über seine armen Eltern, die sicher auch einen Schreck kriegen würden, wenn sie Onkel Fritz sahen, und über den armen, traurigen Stefan. Er preßte die Lippen fest zusammen, und es gelang ihm, die Tränen hinunterzuschlucken. Mit verbissenem Gesicht schaute er auf die Eier und paßte auf, daß sie nicht zu braun wurden. Aber seine Gedanken kreisten unentwegt um diesen seltsamen Onkel Fritz. Plötzlich hatte er einen Einfall. „Du!" rief er, und ein Schimmer von Hoffnung flog über sein Gesicht, „du, vielleicht ist das gar nicht sein eigener Anzug! Vielleicht sind seine Sachen bei dem Unglück naß geworden, und er mußte sich von jemand was borgen!"

Klaus' trübe Miene erhellte sich schlagartig. „Mann! Du bist schlau! Du bist ja direkt ein Detektiv! Klar, so war das! Onkel Fritz kann überhaupt nichts dafür, daß er so riecht!"

„Nein, kann er auch nicht. Onkel Fritz ist prima!" Stefan war seiner Sache jetzt ganz sicher. Er strahlte. Wie gut, daß er die Lösung des Rätsels gefunden hatte!

„Paß auf! Die Eier!"rief Klaus warnend.

Die Eier waren am Rand schon ziemlich braun, der Stefan fand, *zu* braun waren sie noch nicht. Er nahm einen Teller aus dem Küchenschrank und ließ sie vorsichtig daraufgleiten. Klaus rupfte einen kleinen Zweig Petersilie von dem Strauß, der auf dem

Fensterbrett stand. Mit schiefgelegtem Kopf garnierte er damit die Eier.

„Sieht gut aus!" sagte Stefan anerkennend. „Wie bei Mutti."

Vergnügt pfeifend suchte er Brot und Butter zusammen und stellte beides mit den Eiern auf ein Tablett. Klaus legte Messer und Gabel dazu. Auch er pfiff, eine andere Melodie zwar als Stefan, aber es störte keinen von ihnen.

„Am besten lassen wir ihn nachher baden", meinte Stefan, während seine Augen prüfend über das Tablett gingen. „Baden ist immer richtig."

„Gute Idee!" sagte Klaus. „Du, der Salzstreuer fehlt noch!"

Er holte den Salzstreuer vom Wandbord. Das Tablett war fertig. Stolz betrachteten sie ihr Werk.

„Weißt du", sagte Stefan vertraulich, „als ich ihn zuerst sah, da hab' ich richtig 'n Schreck gekriegt. Da hab' ich gedacht, ‚was, das soll unser Onkel sein?' Aber nun, wo ich das mit dem Anzug weiß, finde ich ihn Klasse."

„Ja", sagte Klaus, „das ist er auch."

Zufrieden trugen sie das Tablett ins Wohnzimmer.

Als Karl die Eier erblickte, verklärte sich sein Gesicht. „Junge, Junge!" rief er. „Das sieht aber lecker aus!" Er setzte sich erwartungsvoll zurecht und sah zu, wie Stefan und Klaus alles vor ihm aufbauten.

„So“, sagte Stefan, „nun laß es dir schmecken!“

Karl nahm als erstes die Petersilie aus den Eiern und steckte sie mit vergnügtem Grinsen in sein Knopfloch. Dann begann er zu essen, und die Kinder standen im Halbkreis um ihn herum und sahen zu. Er schmatzte tüchtig, und daß ihm das Fett am Kinn herunterlief, störte ihn kein bißchen.

„Du bist ja eigentlich schon ziemlich lange von Deutschland weg, nicht?“ meinte Stefan verständnisvoll.

„Ja“, nickte Karl, „schon ’ne ganze Weile.“

„Im Urwald ist alles ganz anders als hier“, ließ sich nun auch Klaus vernehmen, „viel natürlicher.“

„Jawoll“, sagte Karl, „das kann man wohl sagen.“

„Dort haben sie ganz andere Sitten und Gebräuche“, fügte Stefan hinzu.

„Ja, ja“, schmatzte Karl, „das stimmt.“

Ille machte keine solchen Umstände mit ihrem Onkel. „Schmatz doch nicht so!“ rief sie streng.

Karl ließ Messer und Gabel sinken und sah sie verdutzt an. „Was sagste da?“

„Du sollst nicht so schmatzen!“ rief Ille. Mit ihrem kleinen Mund machte sie ihm vor, wie er geschmatzt hatte.

Karl wollte sich kaputtlachen. „Du bist vielleicht drollig!“ rief er. „Ich esse doch bloß mein Ei!“ Er schmatzte weiter, und als ihm das Fett in den Kragen zu laufen drohte, wischte er es unbekümmert mit dem Handrücken weg.

„Warte, ich hole dir eine Serviette!“ rief Klaus. Er lief zur Anrichte und nahm eine frische weiße Serviette heraus.

Als Stefan sie sah, fiel ihm der Serviettenring ein. „Himmel! Die Geschenke!“ rief er. Er machte Ille ein Zeichen. Beide rannten ins Kinderzimmer und holten den Ring und das Päckchen mit dem Necessaire.

„Für dich!“ sagte Stefan feierlich und baute beides neben Karls Teller auf.

„Hast du Töne!“ rief Karl. Er legte Messer und Gabel beiseite und nahm zuerst den Serviettenring in die Hand. Aber er wußte anscheinend nicht, daß es ein Serviettenring sein sollte. Nachdem er eine Weile mit grüblerischem Gesichtsausdruck auf das Wort ‚Fitz‘ gestarrt hatte, hielt er den Ring vor sein rechtes Auge und betrachtete dadurch seine Spiegeleier. Dann kam ihm eine andere Idee: Er setzte den Ring wie eine Posaune an die Lippen und rief „Täterätäää!“ hindurch.

„Es ist ein Serviettenring!“ sagte Stefan.

„Ein Serviettenring? Ach so!“ murmelte Karl. Er nahm die frische Serviette, rollte sie etwas ungeschickt zusammen und schob sie in den Ring. Befriedigt betrachtete er das Ergebnis. Aber dann blieb sein Blick wieder an dem Wort ‚Fitz‘ hängen und verdüsterte sich von neuem.

„Findest du es sehr schlimm, daß das ‚r‘ bei Fritz fehlt?“ fragte Stefan ängstlich.

Karls Miene erhellte sich augenblicklich. „Das ‚r' fehlt also!" rief er erleichtert. „Und ich dachte schon, ich heiße Fitz!" Stefan, Klaus und Ille schauten ihn erst ganz verblüfft an, dann lachten sie los.

„Du machst immer so süße Witze!" rief Ille begeistert.

Karl wurde nun sehr vergnügt. Er sagte, der Serviettenring sei der schönste Serviettenring, den er je gesehen habe. Daß er ihm gehöre, mache ihn verdammt froh. Er habe noch nie einen Serviettenring besessen.

„So, nun wickle das mal aus!" sagte Ille ungeduldig. Sie schob ihm das Päckchen hin.

Karl öffnete es und nahm das grüne Ding heraus. Da ihm der rosa Knopf sofort ins Auge stach, knöpfte er es auf und blickte tiefsinnig in sein Inneres.

„Es ist ein Neesesehr!" sagte Ille stolz. „Da kannst du deine Seife reintun und deinen Kamm und deine Zahnbürste."

Karl pfiff bewundernd durch die Zähne. „Hast du das gemacht?" fragte er, während er das grüne Wollgebilde andächtig in seinen roten Händen hielt.

Ille nickte heftig. „Es war ganz allein meine Idee."

„Also ich bin platt!" sagte Karl. „Ich könnte so was nich!"

„Gefällt es dir?" fragte Ille.

„Und wie!" rief Karl. „Es ist das schönste Neese . . .

das schönste Dings, das ich überhaupt jemals hatte!"

Er bedankte sich mit kräftigem Händedruck, zuerst bei Stefan und dann bei Ille. „Das hätte ich nie gedacht, daß ich hier gleich was geschenkt kriege!" sagte er gerührt.

Das Essen schien ihm jetzt noch mehr zu schmekken als vorher. Vergnügt aß er die Eier auf und dazu drei Scheiben Brot mit Butter. Nachdem Klaus ihm etwas zugeredet hatte, verleibte er sich anschließend noch eine vierte Scheibe Brot ein. Dann lehnte er sich aufseufzend zurück und faltete die Hände über dem Bauch. „Das war 'n Götteressen, Jungs!" sagte er.

„Möchtest du jetzt vielleicht eine Zigarette?" fragte Stefan, um Onkel Fritzens Glück vollzumachen. Als Karl nickte, lief er zum Schreibtisch und holte Zigaretten, Aschenbecher und Streichhölzer.

Bald schmauchte Karl zufrieden vor sich hin. Ille setzte sich auf den Fußboden, lehnte den Kopf an seine Knie und sah zu, wie er Ringe in die Luft blies.

„Nun erzählst du uns, wie das Schiff unterging, ja, Onkel Fritz?" bat Stefan. „Jetzt hast du dich doch verpustet."

„Au los, bitte!" rief Klaus.

„Muß das sein?" seufzte Karl. „Ich ... ich rühr' da nämlich nich gern dran."

„Du hast es uns aber versprochen!" Ille legte schmeichelnd die Ärmchen um Karls Beine und drückte ihre Nase gegen seine Hose.

„Hm“, machte Karl, „Also meinetwegen.“ Er tat einen tiefen Zug aus seiner Zigarette und blickte eine Weile starr vor sich hin. „Also das war so“, begann er. „Wir schaukelten ganz gemütlich übers Wasser, immer so sachte gradeaus, und dachten an nichts Böses. Und auf einmal ... auf einmal, da gibt es doch einen Bums, einen Bums, sage ich euch, einen ganz gewaltigen Bums! Das Schiff bäumt sich auf wie ’n Pferd, und dann, ehe wir noch wußten, was los war, sackte es weg. Aus. Ja, so war das.“ Er seufzte auf. Gott sei Dank, das wäre erledigt.

„Onkel Fritz!“ Ein dreistimmiger, empörter Schrei ließ ihn zusammenfahren. Ängstlich sah er von einem zum anderen. Was hatte er nun falsch gemacht?

„Das ging viel zu schnell!“ rief Ille vorwurfsvoll. „Da hat man ja gar nichts von!“

„Ja“, nickte Stefan, „du mußt es viel ausführlicher erzählen!“

„Mit allen Einzelheiten!“ fügte Klaus hinzu. „Du mußt ganz genau sagen, wie alles kam!“

„Hab’ ich doch!“ knurrte Karl.

„Keine Spur!“ Stefan schüttelte den Kopf. „So wie du es erzählt hast, kann man sich überhaupt kein Bild machen!“

„Du mußt erzählen, wie spät es war, als es passierte, und ob es stürmte, und was der Kapitän gemacht hat, und wie ihr gerettet wurdet!“ rief Klaus.

„Und du mußt sagen, wovon der Bums kam. Alles mußt du sagen!“ Ille kuschelte sich fester an Karls Knie.

Karl stöhnte beklommen. „So genau weiß ich gar nich, wie es gekommen is“, murmelte er. „Ich . . . ich schlief nämlich grade, als es passierte.“

„Du schliefst?“ Stefan machte ganz erschrockene Augen. „Wie schrecklich! Mitten aus dem Schlaf unterzugehen!“

„Armer, armer Onkel Fritz!“ flüsterte Ille und streichelte Karls rechten Schuh.

„Erzähle jetzt mal genau, wie es war!“ drängte Klaus.

„Also ich ... ich lag schön gemütlich im Bett und dachte an rein gar nichts“, stotterte Karl. „Und wie ...“

„Ich denke, du schliefst?“ unterbrach ihn Stefan.

„Na ja doch!“ meinte Karl. „Wenn man schläft, denkt man doch an gar nichts.“

„Ja, und weiter?“

„Und wie ich da so liege, gibt es auf einmal einen Bums. Ich wache auf und denke, ‚nanu, da hat doch was gebumst?‘“

Stefan, Klaus und Ille hingen atemlos an seinen Lippen. „Ja, und dann?“ rief Klaus, als Karl verstummt war.

„Ja, und dann bumste es noch mal, und ich lag im Wasser!“

„Was? So schnell?“ Stefan sah Karl enttäuscht an. „Hat das Schiff sich nicht erst auf die Seite gelegt und ist dann langsam gesunken? Und die Rettungsboote? Habt ihr denn keine Rettungsboote runtergelassen?“

Karl schüttelte den Kopf. „Nein. Das Schiff sackte sofort weg. Wie ein Stein.“

„Und ... und die Menschen auf dem Schiff“, stammelte Klaus. „Was wurde aus denen? Hatten sie denn noch Zeit, Schwimmwesten anzulegen?“

„Nee“, sagte Karl. „Sie gingen alle mit unter, so wie sie waren. Im Nachthemd.“

Ille brach in Tränen aus. „Die armen, armen Menschen!" schluchzte sie.

Karl erschrak. Er beugte sich vor und wischte ihr ungeschickt die Tränen ab. „Nun heul doch nich, Mäuschen!" krächzte er, selbst mit den Tränen kämpfend. „Sie wurden ja gerettet!"

„Donnerwetter! Alle Passagiere im Wasser und alle gerettet!" Stefans Augen funkelten. „Erzähle, Onkel Fritz!"

„Das muß ja 'ne dolle Sache gewesen sein, die Rettungsaktion!" rief Klaus. „Los, erzähle, Onkel Fritz!"

Karl blickte gequält vor sich hin. „Ja, das war 'n Ding", murmelte er. „Das war 'n dolles Ding!"

„Wurden sie von einem anderen Schiff gerettet?" rief Stefan.

Karl nickte.

Stefan wollte es noch genauer wissen. „Mit Rettungsringen? Oder mit Tauen? Oder wie sonst?"

„Mit . . . mit Dings . . . mit Rettungsringen."

Klaus drehte ungeduldig an Karls oberstem Jakkenknopf. „Onkel Fritz, du mußt dir nicht alles so aus der Nase ziehen lassen", beschwerte er sich. „Nun los, nun erzähle mal 'n bißchen mit Tempo!"

„Also . . . also das andere Schiff kam, und dann haben sie die Leute eben an Bord genommen und fertig", sagte Karl. Langsam wurde ihm heiß.

„Aber wie!" rief Stefan. „Du mußt beschreiben, wie sie es gemacht haben! In allen Einzelheiten!"

Karl stöhnte und wand sich in seinem Sessel, und dann ließ er plötzlich den Kopf auf die Brust sinken. „Das kann man nicht beschreiben. Sobald ich anfange, es zu beschreiben, dreht sich mir das Herz im Leibe um.“ Er bedeckte sein Gesicht mit den Händen. „Ich kann überhaupt nich soviel von der Geschichte reden“, murmelte er zwischen seinen Fingern hervor. „Es war ein zu großer Schock.“

Stefan und Klaus schauten betreten vor sich hin. Sie schämten sich, daß sie Onkel Fritz so zum Erzählen gedrängt hatten. Sie waren rücksichtslos und gemein.

„Entschuldige bitte vielmals!“ stieß Stefan hervor. Karl nickte. „Schon gut, Junge.“

Ille war aufgesprungen und streichelte seinen Kopf. „Armer Onkel Fritz! Armer lieber Onkel Fritz!“

Karl ließ sich streicheln und bedauern, und langsam wurde er wieder vergnügt. Er nahm sich eine frische Zigarette, steckte sie an und paffte vor sich hin, selig, daß er das Schiffsunglück hinter sich hatte.

Stefan und Klaus atmeten auf, als sie sahen, daß Onkel Fritz sich wieder erholt hatte.

„Komm, wir räumen schnell den Tisch ab!“ sagte Stefan zu Klaus.

Sie stellten das Geschirr auf dem Tablett zusammen und trugen es in die Küche.

„Wenn ich das in meiner Klasse erzähle, daß mein

eigener Onkel mit einem Schiff untergegangen ist, das glaubt mir kein Mensch!" sagte Klaus draußen zu Stefan. Er seufzte bekümmert.

Stefan beruhigte ihn. „Morgen wird es ja in der Zeitung stehen. Wir schneiden es aus und zeigen es allen. Mann, die werden vielleicht staunen!"

Sie stellten das Geschirr zu dem anderen schmutzigen Geschirr. Sie beeilten sich sehr dabei, denn sie wollten schnell wieder ins Wohnzimmer zu Onkel Fritz.

„Eigentlich müßten wir ja erst den Eintopf aufsetzen", sagte Stefan. Er schaute unlustig auf die erst halb geputzten Mohrrüben und die erst halb geschälten Kartoffeln.

Aber Klaus meinte, das hätte Zeit. „Onkel Fritz ist erst mal satt, und das ist die Hauptsache. Wenn wir gegen 2 Uhr Mittag essen, genügt es immer noch."

Als sie beide ins Wohnzimmer zurückkamen, sahen sie, daß Ille inzwischen auf Onkel Fritzens Schoß gelandet war. Sie zappelte vor Aufregung, als sie ihre Brüder erblickte.

„Stefan! Klaus!" rief sie. „Wißt ihr, was Onkel Fritz gleich tut? Er geht Mitbringsel für uns kaufen! Weil die richtigen Mitbringsel untergegangen sind! Was sagt ihr nun?"

Klaus machte einen Luftsprung. „Mensch, prima!"

„Au fein!" lachte Stefan. Aber dann kamen ihm

Bedenken. Durften sie zulassen, daß Onkel Fritz, der selbst so viel verloren hatte, nun losging und Geschenke kaufte? „Hast du denn auch genug Geld bei dir, Onkel Fritz?“ fragte er besorgt.

„Doch, doch“, nickte Karl, „ungefähr noch DM 3,50.“ Als er die erschrockenen Augen der Kinder sah, fügte er ängstlich hinzu: „Reicht das nicht für Mitbringsel?“

„Doch, natürlich!“ rief Stefan hastig. „Aber für dich brauchst du doch auch etwas Geld! Hast du denn außer den DM 3,50 gar nichts mehr?“

„Nee“, murmelte Karl. „Ich ... iche ... mein anderes Geld war nämlich im Koffer.“

Stefan wurde blaß. „In dem untergegangenen Koffer? Dein ganzes Geld?“

Karl nickte.

„Großer Gott!“ stammelte Klaus. „Wieviel war es denn?“

Karl machte eine unbestimmte Handbewegung. „Och, ’n paar tausend Märker.“

Ille umhalste ihn wimmernd. „Armer, armer Onkel Fritz!“

„Laß man, Mäuschen“, sagte Karl tröstend, „das macht nichts. Auf der Bank hab’ ich noch genug Geld.“

Als die Kinder das hörten, atmeten sie erleichtert auf.

„Dann kannst du dir ja von der Bank neues Geld schicken lassen“, meinte Stefan.

„Jawohl", nickte Karl. „Ich hab' schon an die Bank telegrafiert. Das Geld kann jeden Augenblick kommen!" Er blickte stolz in die Runde.

„Sollen wir dir solange was borgen?" schlug Klaus vor.

Karl schob nachdenklich die Unterlippe nach vorn. „Was borgen? Hm, das wäre gar nich schlecht . . ." Er begann, unruhig mit den Fingern auf die Sessellehne zu trommeln.

„Wir haben noch DM 224,– in der Haushaltskasse", sagte Stefan. „Reicht das?"

Ein ungläubiges Lächeln breitete sich über Karls Gesicht. „DM 224,–? Mich laust der Affe!" Dann besann er sich und fügte würdevoll hinzu: „Doch, doch, das reicht."

Er schob Ille von seinem Schoß und saß eine Weile wie versteinert da. Schließlich brach Ille das Schweigen.

„Wenn du vergißt, die Mitbringsel zu kaufen, dann ist es auch nicht schlimm", sagte sie. „Wir mögen dich trotzdem."

Karl fuhr zusammen, als erwachte er aus einem tiefen Traum, und dann lachte er. „Stimmt ja, die Mitbringsel! Also was soll ich euch denn nun kaufen?"

Stefan, Klaus und Ille sahen sich an.

„Vielleicht Katzenzungen?" überlegte Ille. „Für DM 3,50 kriegt man schon einen schönen Batzen Katzenzungen."

„DM 3,50?“ rief Karl. „Jetzt, wo ich so viel Geld hab’, werd’ ich euch doch nicht nur für popelige DM 3,50 was kaufen! Jetzt werde ich euch mal zeigen, was ein guter Onkel ist! Jetzt wird auf die Pauke gehauen! Los, was wünscht ihr euch?“

Stefan, Klaus und Ille kicherten entzückt und beratschlagten dann leise miteinander.

„Für wieviel darf es sein, Onkel Fritz?“ erkundigte sich Stefan.

Karl sagte, das sei völlig piepe, Geld spiele keine Rolle. „Also los, Mäuschen“, wandte er sich zuerst an Ille, „was soll ich dir kaufen?“

Ille lehnte sich an seine Schulter und begann, verlegen mit seinen Haaren zu spielen. „Ich ... iche ... “ druckste sie und verstummte dann.

„Na, nu sag schon!“ redete Karl ihr zu.

„Ich hätte zu gern eine Puppe!“ flüsterte Ille. „Eine mit Schlafaugen und echtem Haar.“

„Sollst du haben“, sagte Karl. „Und ihr, Jungs?“

„Ach wir lassen uns am liebsten überraschen, nicht, Klaus?“ meinte Stefan.

Klaus nickte. „Du wirst schon wissen, was für Jungens richtig ist, Onkel Fritz.“

Karl überlegte. „Was haltet ihr von einem Hund?“

Stefan und Klaus sahen ihn verwirrt an.

„Ein Hund?“ rief Stefan. „Ein lebendiger Hund?“

„Ja“, lachte Karl. „Was dachtest du? ’n ausgestopfter?“

„Ein Hund!“ Stefan wußte sich kaum zu fassen. „Das wäre das schönste Geschenk unseres Lebens, nicht, Klaus?“ Klaus konnte vor freudiger Überraschung überhaupt nichts sagen. Er nickte nur strahlend.

„Also gut“, sagte Karl, „sollt ihr haben. Welche Rasse?“

Stefan dachte nach. „Am liebsten hätte ich ja einen Pudel. Du auch, Klaus?“

Klaus' Augen glänzten. „Ein Pudel, ja, das wäre was!“

„Geht in Ordnung“, sagte Karl.

„Onkel Fritz“, rief Stefan, „du bist einfach prima! Warte, ich hole das Geld!“ Er stürzte in die Küche.

Das Haushaltsgeld lag in einem Kästchen, und das Kästchen stand im Küchenschrank. Stefan nahm es heraus und rannte damit ins Wohnzimmer zurück. Dort stellte er das Kästchen vor Karl hin, öffnete es und zählte ihm das Geld vor: „Fünfzig ... hundert ... hundertfünfzig ... zweihundert ... zweihundertzwanzig ... zweihundertvierundzwanzig. Hier, zweihundertvierundzwanzig Mark!“

„Jawoll“, sagte Karl vergnügt, „stimmt!“ Er nahm das Geld, stopfte es in die Hosentasche und stand auf. Und auf einmal sah er gar nicht mehr vergnügt aus.

„Also ... also, ich geh jetzt“, murmelte er. Er schaute die Kinder an: Stefan, der erwartungsvoll zu ihm aufsah, Klaus, der vor Ungeduld und Vorfreude auf und ab hopste, und die kleine Ille, die sich an ihn schmiegte.

„Also macht's gut", sagte er mit erstickter Stimme und legte die Hand auf Illes schwarzen Kopf. „Und ... und vielen Dank auch für alles. Für die Spiegeleier ... und für den Korn ... und für ..." Die Stimme versagte ihm.

Ille umklammerte ihn mit beiden Armen. „Lieber, lieber Onkel Fritz! Kommst du auch bestimmt ganz schnell wieder? Ich meine das nicht wegen der Mitbringsel! Ich meine das so. Weil du so lieb bist! Weil du so ein guter Mensch bist!"

Jetzt war es mit Karls Fassung völlig vorbei. Er sank in den Sessel zurück. „Ach Gott", stammelte er, „ach Gotte doch! Ein guter Mensch! Ich!"

Er stierte auf seine Knie, außer sich und zu Tode erschrocken. Nach einer Weile zog er ein riesiges dunkelblaues Taschentuch aus der Hosentasche und schneuzte sich. Er wischte sich mit dem Taschentuch über die Augen, schüttelte mehrmals den Kopf und verfiel wieder in dumpfes Brüten. Dann, nach nochmaligem Schneuzen, das wie ein Trompetenstoß klang, stand er plötzlich auf. Er strich seine Jacke glatt, zog einmal kräftig hoch und sagte dann mit fester Stimme: „Jawohl, ich komme bald wieder. Ich beeile mich, so sehr ich kann."

6

Rudi atmete erleichtert auf, als er Karl an der Gartenpforte erscheinen sah. Er warf seinen Zigarettenstummel fort und ging ihm entgegen. „Na endlich", sagte er. „Wo steckste denn so lange!" Nach einem prüfenden Blick auf Karls Hosentaschen fügte er erwartungsvoll hinzu „Haste was?"

Karl schüttelte den Kopf. „Nee, noch nich. Ich muß erst noch was besorgen." Er nickte Rudi freundlich zu und wollte weiter.

Aber Rudi hielt ihn am Ärmel fest. „Was besorgen? Hör ich richtig?"

„Ja“, sagte Karl, „und einen Pudel muß ich auch noch irgendwo fangen.“ Seine Augen schweiften suchend die Straße auf und ab.

„Einen Pudel?“ Rudi war platt. „Und fangen willste den? Mann, das hält doch viel zu sehr auf!“

Aber Karl beruhigte ihn. „Laß mich nur machen. Mit ’nem bißchen Köpfchen und ’nem langen Bindfaden geht das ganz fix.“ Er begann, in seinen Hosentaschen nach einem Bindfaden zu suchen.

„Und was willste mit dem Pudel, um alles in der Welt?“ rief Rudi verstört.

„Frag nich soviel. Ich brauch ihn eben“, knurrte Karl. Er zog einen langen verhedderten Bindfaden aus der Tasche und begann, ihn sorgfältig zu entwirren und aufzuwickeln.

Rudi beobachtete ihn mißtrauisch. „Statt da drinne deine Arbeit zu tun, gehste jetzt auf Pudelfang!“ schimpfte er. „Versprichste dir was davon?“

Über Karls Gesicht zog ein versonnenes Lächeln. Er sah zu Niemeiers Birken hinüber und zu den Herbstwolken, die darüber schwebten. „Jawohl“, murmelte er. „Ich versprech mir was davon.“ Er seufzte mehrmals vernehmlich, dann tippte er sich grüßend mit der Hand an die Stirn, sagte ‚Tschüs‘ zu Rudi und trabte davon, in Richtung Schloßstraße.

In der Schloßstraße waren viele Geschäfte, und Karl hoffte, dort auch ein Spielwarengeschäft zu finden. Aber er fand keins.

„Entschuldigen Sie“, sagte er zu einer Frau, die vorüberkam, „ist hier nich irgendwo ein Spielwarengeschäft?“

Die Frau überlegte und schüttelte dann den Kopf. „Nein, soviel ich weiß, nicht.“

Karl schnalzte ärgerlich mit der Zunge und beschloß dann, zu einem Warenhaus in der Innenstadt zu fahren. Er verlor fast vierzig Minuten mit der Fahrt und rutschte vor Ungeduld dauernd auf seinem Sitz hin und her. Aber als er vor dem Warenhaus ausstieg, hob sich seine Stimmung wieder. Es war köstlich, mit DM 224,– in der Hosentasche in ein Warenhaus zu gehen. Er fuhr sofort in den fünften Stock hinauf, in die Spielwarenabteilung.

„Sie wünschen bitte?“ fragte eine Verkäuferin, als er sich suchend zwischen den vielen Spielsachen umsah.

„’ne Puppe“, sagte Karl.

Die Verkäuferin zeigte ihm, wo es Puppen gab. Karl schob sich an Rollern, elektrischen Eisenbahnen, Kasperletheatern und Teddybären vorbei zum Puppenlager.

„Sie wünschen bitte?“ fragte die Verkäuferin, die dort bediente.

„’ne Puppe“, sagte Karl geduldig. Er schaute etwas hilflos auf die langen Reihen von Puppen hinter dem Ladentisch. Wie sollte er hier die Richtige herausfinden!

„Denken Sie an etwas Bestimmtes?“ fragte die Verkäuferin. „Eine Stoffpuppe vielleicht? Oder eine Babypuppe?“

„Nee, nee“, sagte Karl, „es sollte eine mit ... mit Dings sein, mit Schlafhaaren oder so was. Er sah etwas ängstlich auf das erstaunte Gesicht der Verkäuferin.

„Meinen Sie vielleicht mit Schlafaugen?“ grübelte die Verkäuferin.

Karl nickte. „Ja, natürlich! Schlafaugen! Aber mit den Haaren war auch noch was ... “ Er starrte vor sich hin und kaute ratlos an seinem Daumennagel.

„Echtes Haar vielleicht?“ meinte die Verkäuferin.

Karl strahlte. „Sie sind ein Engel, Frollein! Klar, das war's: Schlafhaare und echte Augen!“

„Schlafaugen und echtes Haar“, murmelte die Verkäuferin. „Wollen Sie bitte einmal hier herkommen und sehen?“ Sie zeigte auf ein langes Regal.

Die Puppen, die darin standen, hatten Zöpfe, Locken oder kurzes Haar, und alles dies in allen Farben: blond, braun, rot und schwarz. Karl wurde immer verwirrter, je länger er die Puppen ansah.

Die Verkäuferin nahm eine blondgelockte Puppe heraus und hielt sie ihm hin. „Wie wäre es mit dieser?“ fragte sie. „Ist sie nicht entzückend?“

„Nee“, sagte Karl, „sie hat O-Beine.“

„Es ist doch eine Babypuppe!“ rief die Verkäuferin gekränkt. „Babys haben immer O-Beine.“

„Im Ernst?“ Karl machte ein bestürztes Gesicht und sah an seinen Beinen hinunter.

„Später gibt es sich natürlich“, beruhigte ihn die Verkäuferin.

Karl nickte erleichtert. Aber die Babypuppe wollte er nicht haben, wegen der Beine. Ratlos sah er das Regal entlang.

„An welche Haarfarbe haben Sie denn gedacht?“ fragte die Verkäuferin, um weiterzukommen.

Karl überlegte mit krauser Stirn. „Geben Sie ’ne Schwarze“, sagte er. „Die Mutter ist auch schwarz.“

„Die Mutter?“ stotterte die Verkäuferin.

„Ja, die Mutter von der Puppe“, lachte Karl. Und plötzlich sah er auch die Puppe, die er haben wollte.

„Geben Sie die da!“ sagte er und wies auf eine Puppe ganz am Ende der Reihe. Ihr schwarzes Haar war glatt und dicht und fiel bis auf ihre Schultern. Sie hatte schwarze Augen und zartrosa Wangen und trug ein weißes gesticktes Kleid, das ihr herrlich stand.

„Das ist unser Modell ‚Schneewittchen‘“, sagte die Verkäuferin andächtig. Sie hielt Karl die Puppe hin und drehte sie vor seinen Augen. Sie hob ihr sogar das Kleid hoch, damit Karl den Spitzenunterrock sehen konnte und die Spitzenhöschen.

„Die ist richtig!“ sagte Karl. „Kostenpunkt?“

„DM 68,–“, sagte die Verkäuferin.

Karl nickte unerschrocken. „Packen Sie sie ein.“

Die Verkäuferin schrieb einen Kassenzettel und

reichte ihn Karl. „Da wird sich Ihr Töchterchen aber freuen!“ sagte sie.

„Ja“, sagte Karl. Stolz ging er zur Kasse.

„Wo gibt es Hundeleinen?“ fragte er die Packerin, als sie ihm das Paket mit der Puppe reichte.

„Lederwaren, Erdgeschoß“, sagte die Frau.

Karl fuhr mit der Rolltreppe ins Erdgeschoß und fragte sich nach der Lederabteilung durch.

„Eine Hundeleine möcht' ich“, sagte er zu einer Verkäuferin, die müßig herumstand und gähnte.

„Welche Farbe?“ fragte die Verkäuferin.

Karl kratzte sich unschlüssig hinterm Ohr. Verflixt nochmal, immer diese Fragen! Einkaufen war doch schwer.

Die Verkäuferin versuchte, ihm zu helfen. „Welche Farbe hat denn der Hund?“

„Der Hund?“ Karl krauste nachdenklich die Stirn. „Der Hund ist wahrscheinlich schwarz.“

„Wahrscheinlich?“ rief die Verkäuferin. „Sie müssen doch wissen, welche Farbe Ihr Hund hat!“

„Wieso muß ich?“ sagte Karl gereizt. „Wollen Sie mich zwingen?“

Die Verkäuferin beruhigte ihn erschrocken. „Nein, nein, so war es doch nicht gemeint. Ich dachte nur . . .“

„Sie haben daneben gedacht“, sagte Karl. „Ich hab' den Hund noch gar nicht. Ich will ihn erst besorgen.“

„Ach so!“ murmelte die Verkäuferin. Sie empfahl

Karl eine gelbe Hundeleine. „Gelb paßt immer. Möchten Sie vielleicht auch gleich ein passendes Halsband dazu?“

Karl war einverstanden. Er kaufte eine prächtige gelbe Hundeleine und ein gelbes Halsband und bezahlte dafür zusammen DM 21,50.

„So, Karlemann“, sagte er dann zu sich selbst, „nun wird's aber Zeit!“

Vergnügt pfeifend, die Pakete fest im Arm, strebte er dem Ausgang zu. Draußen auf der Straße blieb er stehen und sah sich um. Ob er den Hund gleich hier an Ort und Stelle fangen sollte? In diesem Menschengewühl würde es sicher nicht auffallen, wenn er sich an einen kleinen Pudel heranmachte. Er entdeckte aber bald, daß die Hunde hier alle brav an der Leine gingen. Nein, das traute er sich doch nicht zu, einem Herrchen die Hundeleine unbemerkt aus der Hand zu winden! Er beschloß, in den Vorort hinauszufahren, in dem Niemeiers wohnten. Dort liefen die Hunde bestimmt ohne Leine herum.

7

„Jetzt ist es schon 5 Uhr, und Onkel Fritz ist immer noch nicht da!“ sagte Stefan klagend.

Klaus und Ille antworteten nicht, sondern zuckten nur trübselig mit den Schultern.

Sie saßen alle drei um den großen Wohnzimmertisch und spielten Städtequartett, damit ihnen die Zeit schneller verging. Aber sie schauten mehr zum Fenster als in ihre Karten, und so kriegten sie gar keine Quartette zusammen.

„Glaubt ihr, daß es was wird mit dem Hund?" fragte Klaus. Er legte seine Karten auf den Tisch und stützte das Kinn in die Hände.

Stefan schüttelte traurig den Kopf. Während des langen Wartens war seine Hoffnung auf einen Hund fast völlig dahingeschwunden. „Ich sehe schwarz", murmelte er. „Pudel sind bestimmt furchtbar teuer."

Illes Mundwinkel begannen zu zittern. „Aber Onkel Fritz hat uns doch versprochen, daß er uns einen Hund kauft!" rief sie.

„Ja, ja, das stimmt schon", meinte Stefan. „Aber er weiß sicher nicht, wie teuer Pudel in Deutschland sind. Wenn er das merkt, trifft ihn bestimmt der Schlag."

„Versprochen ist versprochen!" rief Ille mit erstickter Stimme.

„Quatsch!" sagte Klaus. „Es kann auch mal was dazwischenkommen, wenn man was versprochen hat." Sein Herz blutete, wenn er an den Pudel dachte, aber trotzdem mußte er Onkel Fritz in Schutz nehmen.

Ein Tränenstrom brach aus Illes Augen. „Und ich hab' mich schon so auf den Hund gefreut", jammerte sie. „Ich wollte ihn ‚Nero' nennen. Er sollte unter meinem Bett schlafen."

„Unter *deinem* Bett?" Klaus war empört. „Der Hund gehört doch Stefan und mir!"

„Aber nachts", schluchzte Ille, „nachts könntet ihr ihn mir doch ruhig ein bißchen lassen!"

„Also meinetwegen", sagte Klaus nach einigem Zögern. „Nachts kriegst du ihn. Aber nur geborgt!"

Stefan warf ärgerlich seine Karten hin. „Ihr redet, als ob der Hund schon im Vorgarten steht! Aber ich sage euch, Onkel Fritz hat bestimmt keinen Hund ge . . ." Er brach mitten im Satz ab und hob lauschend den Kopf. Im Vorgarten ertönte wütendes Hundegebell!

„Ein Hund!" schrie Klaus und sprang so heftig auf, daß sein Stuhl umfiel. Er stürzte zur Tür. Stefan und Ille stürzten hinterher, auf den Flur.

Rasendes Gebell war hinter der Haustür zu hören und dazwischen eine beruhigende Stimme: „Ja, ja, is ja gut! Sei doch still! Biste wohl still!"

Sie rissen die Tür auf. Draußen stand Karl, unter dem Arm das große Paket und in der Hand das kleine. Mit der anderen Hand hielt er das Ende eines langen Bindfadens. An dem Bindfaden zerrte ein kleiner pechschwarzer Pudel, der wütend kläffte.

„Da bin ich", sagte Karl.

„Ein Hund!" schrie Ille entzückt. „Onkel Fritz, ist der süß!" Sie schlug außer sich die Hände an die Backen und starrte auf den Hund.

„Ich werd' verrückt!" stammelte Klaus. Er bückte sich und streichelte den Hund und wollte ihn hinter den Ohren kraulen. Aber der Hund tanzte wie besessen um Karls Beine herum und versuchte, von dem Bindfaden loszukommen.

Stefan nahm Karl den Bindfaden aus der Hand und zog den Hund ins Haus. „Komm erst mal rein!“ sagte er väterlich. „Hier drin wirst du dich schon beruhigen. – Wie heißt er denn, Onkel Fritz?“

„Keine Ahnung!“ sagte Karl achselzuckend. Er schaute auf den Hund hinunter, der jetzt nur noch leise fiepte und sich ängstlich umsah.

„Mohrchen soll er heißen, ja Stefan?“ rief Klaus. Er hockte sich hin und hielt dem Pudel beide Arme entgegen. „Mohrchen, komm zu Herrchen!“

Der Pudel fiepte leise und wedelte mit seinem winzigen Schwanz. Unentschlossen sah er Klaus an.

„Komm!“ lockte Klaus. „Komm her!“

Stefan und Ille hockten sich neben Klaus.

„Komm, Mohrchen, hierher!“ rief Stefan.

Der Pudel schüttelte sich, daß seine Ohren flogen, schaute die drei Kinder einen Augenblick starr an und trabte dann auf sie zu.

„Er gehorcht!“ schrie Ille begeistert.

Sie umschlangen ihn und drückten ihn und sagten „Ei, guter Hund“ und „Ei, braver Hund“ und konnten sich vor Freude nicht fassen.

„Reißt ihn bloß nicht in Stücke!“ sagte Karl. Sein Gesicht strahlte vor Zufriedenheit.

Klaus strich andächtig über Mohrchens seidige

Ohren. „Er war bestimmt furchtbar teuer, nicht, Onkel Fritz?“

„Och, es geht. Es war sozusagen eine Gelegenheit, nicht, Mohrchen?“ Karl grinste und gab Mohrchen einen zärtlichen Klaps.

Aber Mohrchen fletschte die Zähne und begann plötzlich zu knurren und wollte nach Karls Hand schnappen.

„Wirst du wohl!“ rief Stefan streng. „Das ist doch Onkel Fritz! Der gehört doch zu uns!“

Mohrchen knurrte lauter.

„Was hat er bloß?“ rief Klaus besorgt.

Karl kratzte sich am Kinn. „Er scheint mich nicht zu mögen.“

Ille stieß einen Jammerschrei aus. Sie stürzte sich auf Karl und umschlang ihn in heißem Mitleid.

„Nu laß man, Mäuschen“, sagte Karl tröstend. „Er wird sich schon an mich gewöhnen.“

„Bestimmt!“ rief Ille mit bebender Stimme. „Ich werde ihm jeden Tag sagen, daß du der liebste, beste Onkel der Welt bist!“

„Ja“, rief Stefan aus Herzensgrund, „das stimmt! Vielen, vielen Dank für den wunderbaren Hund!“

„Das ist die größte Freude unseres Lebens!“ fügte Klaus hinzu.

Karl wurde ganz verlegen. „Schon gut, Jungs. Hauptsache, ihr freut euch. Hier ist übrigens auch ’ne Hundeleine.“ Er hielt ihnen das Päckchen hin.

Sie machten es auf und nahmen die Hundeleine

und das Halsband heraus und fanden beides wunderschön.

„Du denkst aber auch an alles, Onkel Fritz!" sagte Klaus dankbar. Er kniete sich hin und löste den Bindfaden von Mohrchens Hals und legte ihm dann das neue Halsband um. Mohrchen sah sehr schick damit aus. Er schien das auch selbst zu ahnen, denn er bewegte sich viel würdevoller.

„So, Mäuschen, und das hier ist für dich!" sagte Karl. Er reichte Ille das große Paket.

„Onkel Fritz!" Ille nahm es ungläubig und hielt es mit steifen Armen von sich. Ob sie tatsächlich auch noch eine Puppe bekam? Stöhnend vor Aufregung öffnete sie das Paket. Als sie das schöne Schneewittchen sah, schrie sie noch einmal „Onkel Fritz!" Staunend, mit weit offenen Augen, hob sie die Puppe aus dem Papier.

„Sie heißt Schneemützchen", sagte Karl, stolz, weil er diesmal den Namen wußte.

„Guckt bloß, sie heißt Schneemützchen!" Ille hielt ihren Brüdern die Puppe hin.

„Sieht gut aus!" sagte Klaus anerkennend. Auch Stefan fand Schneemützchen ‚schnieke'.

Ille fiel Karl um den Hals und drückte ihn und küßte ihn, und dann mußte er Schneemützchen küssen.

„So, und nun hat Karlemann Kaffeedurst", sagte er, als es erledigt war. „Kocht mal 'n ordentlichen Pott Kaffee, Jungs."

„Karlemann?" staunte Klaus. „Bist du das?"

Karl nickte erschrocken. „M-m-meine Mutter sagt manchmal Karlemann zu mir, aus Spaß", stotterte er.

„Deine Mutter? Oma?" rief Stefan verblüfft. „Aber Oma ist doch schon lange tot!"

Karl begann zu zittern. „Klar", stammelte er. „Mausetot. Aber früher, wißt ihr, ganz früher, wie se noch lebendig war, da hat se immer Karlemann zu mir gesagt." Er zog sein dunkelblaues Taschentuch und wischte sich den Schweiß von der Stirn „Das war'n noch Zeiten", seufzte er, „früher, wie ich noch 'n Karlemann war, 'n kleiner niedlicher Karlemann . . . "

Ille lehnte zärtlich ihren Kopf gegen seinen Bauch. „Wenn du willst, sag ich jetzt auch noch Karlemann zu dir", schlug sie vor, um ihn zu trösten.

Aber Karl wollte das nicht. „Nee, nee", meinte er, „was vorbei is, is vorbei. Nenn mich ruhig Fritz."

Ille nickte zufrieden. „Fritz paßt noch viel besser zu dir als Karlemann", sagte sie.

Der Kaffee, den Stefan und Klaus kochten, geriet etwas dünn. Aber Karl war nicht verwöhnt und fand ihn großartig. Noch großartiger fand er die von Frau Niemeier gebackene Torte. Er aß aber nur solche Stücke davon, auf denen nichts geschrieben stand. ‚Für unseren Fritz!', nein, davon zu essen, das kam ihm nicht zu, fand er.

Stefan, Klaus und Ille nahmen es nicht so genau. Sie aßen durcheinander Tortenstücke mit und ohne Schrift. Zum Schluß blieb nur noch ein Stück übrig, das Stück mit dem Ausrufungszeichen. Einsam lag es auf dem Kuchenteller.

„Leute, mir geht's gut!" sagte Karl, nachdem er den letzten Schluck Kaffee hinuntergespült hatte. Er lehnte sich behaglich zurück, steckte sich eine Zigarette an und sah zu, wie die Kinder mit Mohrchen spielten.

Sie ließen ihn Männchen machen und über den Bindfaden springen. Sie riefen „Komm!", und er kam, und sie riefen „Kusch!", und er kuschte sich. Sie streichelten ihn und drückten ihn abwechselnd an sich, sie rollten mit ihm auf dem Teppich herum und krochen mit ihm unter den Schreibtisch. Mohrchen machte alles mit. Er fand es herrlich hier. Aber allmählich wurde er müde, denn er hatte heute ja schon allerhand hinter sich. Zuerst taumelte er nur manchmal, aber dann begann er, die Augen zu verdrehen. Und wenn die Kinder ihn einen Augenblick losließen, sank er in sich zusammen, legte den Kopf auf die Pfoten und blinzelte verschlafen vor sich hin.

„Ich glaube, er ist müde", sagte Stefan.

„Kunststück", meinte Karl, „so wie ihr mit dem rumgetobt habt! Der muß ja völlig erledigt sein!"

Ille kam schon mit einer alten Wolldecke angerannt und baute Mohrchen unter dem Schreibtisch ein Nest. „Komm, Süßerchen, komm schlafen!" lockte sie ihn.

Mohrchen kam angewankt, und als er das Nest sah, ließ er sich mit einem seligen Schniefer hineinfallen. Er rollte sich ganz eng zusammen, schniefte noch einmal und schlief ein.

Stefan, Klaus und Ille knieten vor seinem Lager und begleiteten jeden seiner Atemzüge mit den Augen. Sie flüsterten, wie lieb er sei und wie schön und wie gehorsam. Und sie sagten, daß es noch nie einen so wunderbaren Hund gegeben hätte, noch nie. Als Mohrchen tief schlief, schlichen sie auf Zehen davon und setzten sich auf Karls Sessellehne.

„Erzähl uns jetzt ein bißchen von Pernambuco, ja?" schlug Stefan vor.

„Von Per . . . von was?" rief Karl erschrocken.

„Von Pernambuco! Bitte, Onkel Fritz!"

„Hm", machte Karl, „das is sone Sache. Ich . . . iche . . . äh . . . also . . . also es war mal 'n kleiner Junge, der hieß Pernam . . . Pernamdingsda . . ."

Stefan, Klaus und Ille brachen in schallendes Gelächter aus.

„Onkel Fritz!" rief Klaus. „Du machst vielleicht Witze! Nein, aber nun erzähle mal richtig! Erzähle mal, wie es da ist in Pernambuco."

„Wie es da is?" Karl machte ein unglückliches Gesicht. „Ja, wie isses da? Es is . . . es is ziemlich . . ." Er brach ab und sah sich hilflos um. Dann schloß er plötzlich die Augen und ließ den Kopf hintenüber fallen. „Leute, mir is schlecht“, röchelte er, „mir dreht sich alles vor den Augen.“

Stefan, Klaus und Ille starrten ihn entsetzt an. „Onkel Fritz!“ riefen sie angstvoll. Wurde Onkel Fritz am Ende ohnmächtig?

Nein, er wurde nicht. Er hielt zwar weiter die Augen geschlossen, aber er konnte noch sprechen. „Ich hab’ mir einfach zuviel zugemutet in den letzten Stunden“, ächzte er. „Laßt mich mal ’ne Weile in Ruhe.“

Ille stellte sich neben seinen Kopf und legte die Hand auf seine Stirn. „Ja, laßt Onkel Fritz endlich in Ruhe!“ sagte sie streng. „Armer lieber Onkel Fritz!“ Sie streichelte ihm sanft über das Haar.

Karl stöhnte zum Gotterbarmen.

„Ich glaube, wir müssen ihn langlegen“, flüsterte Stefan.

Klaus nickte. „Ja, los, auf die Couch mit ihm!“

Er packte Karl unter den Armen, und Stefan ergriff seine Füße. Unter heiseren Kommandos und mit vielem Gestöhn gelang es ihnen, Karl vom Sessel zu zerren. Er landete auf dem Fußboden, von wo sie ihn halb tragend, halb schleifend bis vor die Couch beförderten. Ille hielt Karls Kopf, damit er nicht so gräßlich hintenüberbaumelte. Während des ganzen Transportes wimmerte sie leise vor sich hin.

Karl ließ alles mit sich geschehen. Er stöhnte nur manchmal und gab damit zu erkennen, daß er noch am Leben war.

Der Versuch, ihn auf die Couch zu heben, mißlang. Nach mehreren verzweifelten Anstrengungen mit ‚Hau ruck!' und ‚Achtung, fertig, los!' mußten sie es aufgeben. Als sie gerade beratschlagten, ob sie ihm auf der Erde ein Lager bereiten sollten, meldete sich Karl.

„Was soll ich hier auf'm Teppich?" fragte er.

„Wir kriegen dich nicht auf die Couch!" sagte Ille. „Du bist schwer wie ein Klotz."

Karl stöhnte dumpf, dann erhob er sich und legte sich selbst auf die Couch. „Wo habt ihr die Flasche gelassen?" murmelte er mit leidender Stimme.

Stefan rannte schon zum Schreibtisch. „Hier ist sie, Onkel Fritz!" Er zog den Korken aus der Flasche und reichte sie Karl.

Karl richtete sich halb auf und tat einen kräftigen Zug, dann ließ er sich wieder hintenübersinken. „Das tut gut", murmelte er, „das gibt wieder Kraft!"

„Hier, trink noch mal!" sagte Klaus und hielt ihm von neuem die Flasche hin.

Karl ließ sich nicht lange bitten und trank nochmal und dann, auf Stefans Rat, ein drittes Mal.

„Wie ist dir jetzt?" fragte Ille. „Bist du jetzt wieder ganz gesund?"

„Jawoll", murmelte Karl, „ich glaube, jetzt geht's schon wieder leidlich. Bloß . . . bloß erzählen kann ich vorläufig nichts!" fügte er ängstlich hinzu.

Ille rannte ins Schlafzimmer und kam mit einer

Steppdecke zurück. Sie breitete sie über Karl und steckte sie sorgsam an den Seiten fest. „Du schläfst jetzt ein Stündchen", sagte sie, energisch wie eine Krankenschwester, „und wenn du aufwachst, ist alles wieder gut!"

Karl sträubte sich. „Nee, nee, ich will nich schlafen, hab' ja noch zu tun!" Er versuchte, die Decke beiseite zu schieben.

Aber Ille hinderte ihn daran. „Du schläfst jetzt!" sagte sie streng. „Keine Widerrede!"

Auch Stefan und Klaus redeten auf ihn ein. Ein kurzes Schläfchen werde ihm bestimmt guttun, sagten sie. Schließlich ergab sich Karl. Er drehte sich auf die Seite, mit dem Gesicht zur Wand, zog die Steppdecke über die Ohren, seufzte ein paarmal wohlig und schlief bald darauf ein.

Stefan, Klaus und Ille schlichen auf Zehen in die Küche und machten sich dort an den Abwasch.

8

Um halb 6 Uhr verlor Rudi, der ungeduldig zwischen Niemeiers Haus und der Ecke auf und ab lief, die Nerven. Jetzt steckte Karl glücklich seit 11 Uhr bei diesen Leuten, seit mehr als sechs Stunden also! Und was hatte er bisher gebracht? Nichts. Absolut nichts. Einkäufe hatte er gemacht für die da drin, und einen Pudel hatte er gefangen, das war alles.

Vor zwei Stunden war er hier bei ihm, Rudi, vorbeigekommen, mit zwei Paketen unter dem Arm und einem Pudel am Bindfaden . „Ich liefer' das hier nur noch ab und trink 'n Schluck Kaffee, und dann geh ich an die Arbeit", hatte er gesagt.

Rudi warf seine nur halb gerauchte Zigarette fort, stieß einen gräßlichen Fluch aus und ging auf Niemeiers Häuschen zu. Er öffnete die Gartenpforte, stapfte durch den Vorgarten, stieg die Stufen zur Haustür hoch und klingelte. Er hörte, wie jemand zur Tür kam und den Deckel vom Guckloch schob.

„Wer ist da?" rief eine Jungenstimme.

„Ich komm vom E-Werk", brummelte Rudi, „könnt ich wohl mal 'n Moment meinen Kollegen sprechen?"

Stefan öffnete die Tür. „Ihren Kollegen? Welchen Kollegen?"

„Meinen Kollegen vom E-Werk", sagte Rudi. „Er sieht hier die Leitungen nach."

„Nein", sagte Stefan, „das muß ein Irrtum sein. Hier ist kein Kollege."

Rudi japste nach Luft. „Na, da soll doch . . . Ich hab' ihn doch heut vormittag hier reingehen sehen! Ganz deutlich hab' ich gesehen, wie er hier bei euch reingegangen ist!" Stefan schüttelte den Kopf. „Das kann nicht sein! Nein, . . ."

„Nein, hier war niemand vom E-Werk. Vielleicht versuchen Sie es mal im Haus nebenan."

„Aber wenn ich dir doch sage . . ." Rudi unterbrach sich, denn Klaus und Ille tauchten hinter Stefan auf.

„Er sucht seinen Kollegen vom E-Werk“, sagte Stefan zu den beiden.

„Soll der hier bei uns sein?“ Klaus schaute den Mann erstaunt an.

„Jawoll“, nickte Rudi. „Hier is er reingegangen. Heute vormittag gegen 11 Uhr. Er wollte die Leitungen nachsehen.“

Klaus und Stefan sahen erst sich an und dann den Mann. „Nein“, sagte Klaus, „hier war niemand“.

Rudis Gesicht rötete sich vor Zorn. „Kruzitürken!“ knirschte er zwischen den Zähnen. Aber plötzlich besann er sich und sagte ganz sanft: „Also gut, dann werd' *ich* eben die Leitungen nachsehen.“ Er begann, sich die Füße auf dem Rost abzutreten, er schien also ins Haus zu wollen.

Stefan und Klaus sahen sich wieder an. Ob sie diesen Mann einfach so reinlassen durften? Irgend etwas schien mit ihm nicht zu stimmen.

„Haben Sie einen Ausweis?“ fragte Stefan höflich.

Rudi zuckte zusammen. „Einen Ausweis? Was für einen Ausweis!“

Klaus kam seinem Bruder zu Hilfe. „Einen Ausweis vom E-Werk meint er. Wir müssen doch wissen, ob sie wirklich vom E-Werk sind!“

„Sie können ja auch ein Dieb sein!“ piepste Ille.

„Hat man so was schon gehört!“ Rudi war nahe am Explodieren. „Ausweis! Da kämen wir ja schön

weiter mit unserer Arbeit, wenn wir überall, wo wir zu tun haben, erst mit 'nem Ausweis rumwursteln müssen! Also los, Jungs, laßt mich rein!" Er stellte den Fuß in die Türöffnung und versuchte, Stefan beiseite zu schieben.

Aber Stefan wich nicht von der Schwelle. „Nee, nee", sagte er, „unser Vater hat gesagt, wir dürfen keinen Fremden reinlassen."

„Keinen Fremden? Ich bin doch kein Fremder. Ich bin vom E-Werk und muß meiner Arbeit nachgehen. Ich möcht ja mal hören, wie dein Vater flucht, wenn nächstens alle eure Leitungen durchbrennen, weil sie nich nachgesehen sind!"

„Pscht!" sagte Stefan und legte den Zeigefinger an die Lippen. „Nicht so laut, sonst wacht Onkel Fritz auf!"

Rudi fuhr zurück. „Onkel Fritz? Seid ihr nich allein zu Haus?“

„Nein“, sagte Klaus. „Onkel Fritz ist da.“ Er drehte sich um, und Stefan und Ille drehten sich auch um, denn die Wohnzimmertür knarrte. Karl erschien auf der Schwelle.

„Was ist denn hier los?“ fragte er verschlafen. Plötzlich sah er Rudi. Er erschrak so furchtbar, daß seine Hose 10 cm nach unten rutschte. Er konnte kein Wort sprechen, sondern starrte immer nur zur Tür, auf Rudi, der ihn ebenfalls anstarrte.

„Der Mann ist vom E-Werk, Onkel Fritz“, sagte Stefan zu Karl. „Er will die Leitungen nachsehen.“

„Aber er hat keinen Ausweis“, fügte Klaus hinzu.

Karl kam langsam wieder zu sich. Er strich sich das wirre Haar aus der Stirn und schaute Rudi nachdenklich an. „Tja“, sagte er und zog dabei bedauernd die Schultern hoch, „das is sone Sache . . . Wenn Sie keinen Ausweis haben, kann ich Sie leider nich reinlassen.“

Rudi stierte ihn mit offenem Mund an. Er schwankte leicht, es sah aus, als würde er jeden Augenblick rückwärts die Stufen runterfallen. „Is das euer Onkel?“ stammelte er, ohne die Augen von Karl zu lassen.

Die Kinder nickten. Ille schmiegte sich zärtlich an Karls Seite. Karl legte den Arm um sie und hob stolz die Nase.

Aus Rudis Kehle kam ein Laut, der halb wie ein

Husten und halb wie ein Schrei klang. „Na, dann will ich nich stören“, stotterte er.

Er drehte sich um, sprang die Stufen hinunter und lief durch den Vorgarten. An der Gartenpforte blieb er stehen und wandte sich um. „Ich warte!“ schrie er und warf Karl einen drohenden Blick zu. Dann war er verschwunden. Karl schloß die Haustür und zog die Kinder ins Wohnzimmer.

„Der war aber komisch!“ sagte Ille. „Warum hat er denn geschrien ‚ich warte!‘?“

„Weiß der Teufel“, murmelte Karl. „Vielleicht hat er ’nen kleinen Dachschaden.“

„Nein, nein, das war bestimmt ein Dieb, der sich hier reinmogeln wollte!“ rief Stefan.

Karl nickte abwesend. „Ja, kann schon sein.“

„Aber wir sind vorsichtig, wir fallen auf so was nicht rein!“ lachte Klaus.

Karl setzte sich schwer auf die Couch und starrte auf den Teppich.

„Ist dir immer noch nicht gut, Onkel Fritz?“ fragte Ille besorgt.

„Doch, doch“, murmelte Karl. „Mir is ganz gut.“ Er stierte weiter bedrückt vor sich hin.

Nach einer Weile seufzte er tief, hob den Kopf und sah sich suchend um. „Sagt mal, Leute, habt ihr Silber?“

„Silber? Was für Silber?“ fragte Stefan.

„Na, Löffel und Gabeln und so was. Eben Silber.“

Stefan nickte. „Doch, so was haben wir. 'n ganzes Schubfach voll. Dort drüben in der Anrichte." Er wies zu der Anrichte, die neben dem Fenster stand.

„Zeig mal her, das Silber!" murmelte Karl. „Ich muß . . . ich interessier' mich nämlich dafür. Ich sammle nämlich welches."

Mohrchen, der bis jetzt tief geschlafen hatte, fuhr plötzlich unter dem Schreibtisch hoch und begann zu knurren.

„Ruhig, Mohrchen!" rief Karl.

Ille war schon zur Anrichte gerannt und hatte das oberste Schubfach aufgezogen. Sie nahm etwas heraus, das in rosa Watte gewickelt war, und brachte es Karl.

„Guck mal, Onkel Fritz", sie schlug die Watte auseinander, „das ist der Löffel, den ich zur Taufe gekriegt habe. Ganz echtes Silber!"

Ein blanker Eßlöffel glänzte in ihrer Hand. An seinem Ende waren Buchstaben eingraviert, ein I und ein N.

„Das heißt Ilse Niemeier!" sagte Ille.

Karl nahm den Löffel und wog ihn in der Hand. „Hm", murmelte er, „'n schönes Stück! Ziemlich schwer!"

Ille sah Karl an, sein ernstes Gesicht, das andächtig über den Löffel geneigt war. Sie holte Luft, wollte etwas sagen, zögerte dann aber doch wieder.

„'n wunderbares Stück!" murmelte Karl.

Da konnte Ille sich nicht mehr halten. „Ich . . .

ich schenke ihn dir!“ platzte sie heraus. „Weil du ein Sammler bist. Und weil du so lieb bist!“ Sie atmete tief auf und sah Karl voll Zuneigung an.

Über Karls Gesicht ging ein Zittern. Es sah aus, als würde er gleich losheulen. „Du willst ’n mir schenken?“ stammelte er. „Richtig schenken? Das kann ich nich annehmen. Niemals!“

Ille nickte heftig. „Doch, du *mußt* es annehmen! Du machst mir direkt eine Freude, wenn du es annimmst!“

„Aber ich . . . iche . . . ich kann doch nich . . .“ Karls Stimme versagte.

Jetzt mischte sich Stefan ein. „Nun tu ihr schon den Gefallen, Onkel Fritz! Du siehst doch, daß es ihr Spaß macht, ihn dir zu schenken!“

Karl hielt den Löffel und sah darauf nieder, und sein Kinn bebte seltsam. „Vielen Dank“, flüsterte er heiser, „vielen Dank auch!“

Er hielt den Löffel noch einen Augenblick so, dann steckte er ihn in die Brusttasche, neben seinen Kugelschreiber. Er legte die Hand auf die Tasche, und es sah aus, als hätte ihn jemand ins Herz geschossen. Auch sein Gesicht sah so aus, so merkwürdig starr, als könnte er irgend etwas gar nicht fassen. Er saß ganz still, die Hand noch immer auf der Brust. Und dann auf einmal sagte er mit völlig verwandelter, lauter Stimme: „Mach die Anrichte zu, Mädel!“

Ille sah ihn erschrocken an.

Er lächelte ihr beruhigend zu und sagte etwas sanfter: „Los, mach die Anrichte zu! Schließ ab. Leg den Schlüssel weg. All das gute Silber . . . Wär doch schade, wenn was wegkäme."

„Bei uns kommt nichts weg", sagte Ille.

„Mach zu, sag ich!" rief Karl, und es klang jetzt sehr energisch.

Ille huschte mit eingezogenem Kopf zur Anrichte und drückte die Schublade zu.

„So, und nun schließ ab!" sagte Karl. Seine Stimme war wieder ganz freundlich.

Ille wollte abschließen, aber sie kam mit dem Schlüssel nicht zurecht.

„Los, hilf ihr!" sagte Karl zu Stefan.

Stefan ging zur Anrichte. „Aber das ist doch völlig überflüssig", sagte er, während er den Schlüssel umdrehte, „wir schließen doch nie ab!"

Karl meinte, das sei ein Fehler. Es könnte doch mal jemand kommen, der es auf ihr Silber abgesehen hätte. „So, und nun zieh den Schlüssel ab und tu ihn irgendwohin, wo man ihn nicht sehen kann!" schloß er.

Jetzt mischte sich Klaus ein. „Aber Onkel Fritz, das ist doch Blödsinn! Das ist doch viel zu umständlich! Soll Mutti denn jedesmal, wenn sie den Tisch deckt, erst nach dem Schlüssel laufen?"

„Wenn deine Mutter wieder hier ist, könnt ihr ihn ja stecken lassen", sagte Karl. „Aber jetzt, wo sie verreist ist, kommt der Schlüssel weg."

Stefan zog den Schlüssel ab und sah sich ratlos im Zimmer um.

„Versteck ihn nebenan", sagte Karl, „das ist noch sicherer."

Stefan ging gehorsam nach draußen.

„Na, du bist aber komisch!" platzte Klaus heraus. Er schaute Karl an wie ein Weltwunder. „Das hätte ich dir gar nicht zugetraut, daß du so pingelig bist! Ich dachte, du bis so 'ne Art Luftikus!" Als er es heraus hatte, erschrak er etwas über seine Kühnheit. Aber er sah sofort, daß Karl ihm nicht böse war.

„'n Luftikus? Ich?" Karl lachte breit. „Das war mal. Früher. Jetzt bin ich 'n ordentlicher Mensch."

Er lehnte sich vor und begann, Mohrchen zu kraulen, der unter dem Schreibtisch hervorgekommen war und sich zu Karls Füßen gelagert hatte. Seltsamerweise ließ Mohrchen es sich gefallen.

„So", sagte Stefan, der wieder ins Zimmer kam, „ich hab' den Schlüssel hinter . . ."

„Schon gut", unterbrach ihn Karl. „Woll'n wir gar nich wissen. Es genügt, wenn *du* es weißt."

Er stand auf, reckte sich und sah auf einmal so fröhlich aus, wie sie ihn noch nie gesehen hatten. Er begann sogar zu pfeifen, mit schmetternden Tönen, fast so schön wie ein Kanarienvogel. Plötzlich brach er ab. „Wie spät is es eigentlich?"

Stefan rannte in die Küche und schaute dort auf die Uhr. „Gleich 6 Uhr", sagte er, als er zurückkam.

„Was?“ rief Karl erschrocken. „Schon so spät?“ Er begann, unruhig im Zimmer auf und ab zu laufen, auf und ab, auf und ab. Schließlich stellte er sich ans Fenster und sah hinaus.

Es war jetzt fast dunkel, er konnte bestimmt nicht mehr viel erkennen.

„Ich muß gehen“, sagte er leise, ohne sich umzudrehen.

„Gehen?“ rief Stefan, „wohin denn?“

Karl bohrte die Hände tief in die Hosentaschen. „Ich . . . ich müßte dringend mal raus“, murmelte er.

„Meinst du, auf die Toilette?“ erkundigte sich Ille.

Karl schüttelte den Kopf. „Nein. Ich . . . ich muß dringend mal vors Haus. Meine Beine vertreten.“ Er räusperte sich, denn er hatte plötzlich etwas im Hals, was seine Stimme rauh machte.

„Wir kommen mit!“ sagte Ille entschlossen.

Aber das wollte Karl nicht. „Nee, nee“, murmelte er, „ich muß mal ’n paar Minuten allein sein, mal Halbzeit machen und so.“

„Könntest du nicht nach dem Abendbrot abschalten?“ bat Klaus. Er hatte schon tüchtigen Hunger.

„Abendbrot?“ Karl drehte sich zum Zimmer zurück, und sein düsterer Gesichtsausdruck verwandelte sich in ein erfreutes Lächeln . „Wann gibt es denn Abendbrot?“

„Wann du willst“, sagte Stefan.

Karl war dafür, sofort Abendbrot zu essen, auf der Stelle. „Was gibt's denn?" erkundigte er sich.

„Oh, Mutti hat lauter schicke Sachen gekauft, alles, weil du kommst!" sagte Klaus. „Ein Huhn und gekochten Schinken und Spargel und Ananas . . . "

„ . . . und Krabben und Salzmandeln . . . " fügte Stefan hinzu.

„ . . . und Eier und -zig Sorten Wurst und Käse . . . und . . . und so kleine niedliche Fischchen, die so scharf schmecken!" rief Ille begeistert.

„Leute!" schrie Karl. „Das wird ein Fest! Auf in die Küche!" Er packte Ille um die Taille, hob sie hoch über seinen Kopf und stapfte so mit ihr aus dem Zimmer. Ille quiekte vor Entzücken. Stefan und Klaus folgten den beiden höchst vergnügt.

9

In der Küche hockten sich alle vier zuerst vor den Kühlschrank und öffneten ihn.

„Aaaahhh!" riefen sie, und das Wasser lief ihnen im Munde zusammen.

Da lag das Huhn, schon fertig gebraten, die Beine rund und knusprig in die Höhe gestreckt. Da standen die Dosen mit Krabben und Spargel und Ananas und die mit den scharfen Fischchen. Da türmten sich Käseschachteln und Päckchen mit Schinken und Aufschnitt.

„Junge, Junge", murmelte Karl. Er war völlig überwältigt.

Stefan und Klaus wollten sofort alles aus dem Kühlschrank nehmen und zur besseren Übersicht auf dem Küchentisch ausbreiten. Aber Karl hatte noch Bedenken.

„Meint ihr nich, wir müssen das aufheben, bis eure Eltern kommen?" fragte er. Seine Stirn war sorgenvoll gekraust.

„Nein", sagte Stefan energisch, „Mutti hat extra gesagt, das Huhn und den Spargel und all das Zeug gibt es am ersten Abend, wenn du kommst!"

„Und die Fischchen auch!" rief Ille

Karl grinste beklommen. „Also Leute", meinte er, „ich bin dafür, daß wir von allem nur die Hälfte essen. Es könnte ja sein, daß noch mal jemand kommt."

„Noch mal?" rief Stefan. „Wer denn bloß?"

„Och . . ." Karl machte eine unbestimmte Handbewegung. „Irgend jemand. Nehmen wir an, eure Eltern bringen morgen Besuch mit. Dann wär' es doch gut, wenn noch was im Haus is."

„Quatsch!" sagte Klaus. „*Du* bist unser Besuch! Das ist alles für dich."

„Wir können ja für Vati und Mutti etwas aufheben, wenn es dich beruhigt", schlug Stefan vor.

Karl nickte. „Ja, das würde mich mächtig beruhigen. Und vielleicht noch 'n kleines Stück mehr, für alle Fälle."

„Also meinetwegen." Stefan war einverstanden. „So, und nun ran, Leute!"

Er band sich Muttis Schürze vor, stellte das Tablett zurecht und suchte passende Teller aus dem Küchenschrank. Klaus zerrte das Huhn aus dem Kühlschrank und trug es zum Tisch. Ille rannte ins Wohnzimmer, um die Tischdecke und die Servietten hinzulegen. Karl ließ sich einen Büchsenöffner geben und machte sich daran, die Dosen zu öffnen. Sie zerlegten das Huhn, füllten Schüsseln, schichteten Brot und Aufschnitt auf Platten, kochten Eier und verzierten alles üppig mit Petersilie und Fischchen. Sie hasteten mit roten Backen zwischen Küche und Wohnzimmer hin und her, bis der Tisch fertig gedeckt war.

„Moment noch!" rief Ille, als die anderen sich endlich setzen wollten. Sie trug den Kerzenleuchter von der Anrichte herbei und stellte ihn auf den Tisch.

„Großer Gott!" rief Karl erschrocken. „Wie bei 'ner Beerdigung!"

Stefan und Klaus lachten.

„Mutti macht immer Kerzen an, wenn wir ein Fest feiern!" sagte Stefan, während er eine Kerze nach der anderen ansteckte.

„Also meinetwegen", brummte Karl, „aber nötig is es nich."

„Nein“, sagte Ille, „nötig nicht, aber schön!“

Es wurde ein köstliches Mahl. Sie aßen mit glänzenden Augen, lachten und prosteten sich mit Milch zu, weil sie vergessen hatten, Tee zu kochen. „Prost Fritze!“ rief Stefan sogar einmal, und ‚Fritze‘ fand gar nichts dabei. Er nahm seine Tasse und rief „Prost Klaus!“ Und als die anderen lachten und schrien „das ist doch Stefan!“, da lachte er auch. „Is ja egal“, meinte er, „is ja alles eine Familie!“

„Du siehst eigentlich ganz anders aus als auf dem Bild“, sagte Stefan, nachdem er seine Tasse wieder hingestellt hatte. Er musterte Karl mit schräggelegtem Kopf.

Karl schaute verlegen auf seinen Teller. „Auf Bildern sieht man meistens anders aus“, sagte er nach einer Pause. „Bilder werden nie so, wie man wirklich is.“

„Und dann darfst du auch nicht vergessen, Stefan, daß das Bild mit dem Tennisschläger vor sieben Jahren aufgenommen ist!“ mischte sich Klaus ein. „Sieben Jahre sind eine lange Zeit.“

Karl nickte weise. „Das kann man wohl sagen. In sieben Jahren, da kann viel passieren . . . “

„Damals hast du ausgesehen wie der Prinz in Dornröschen!“ sagte Ille versonnen.

„Na, und jetzt?“ Karl setzte sich zurecht und reckte die Brust und versuchte, einen prinzenhaften Gesichtsausdruck hinzukriegen. „Wie seh ich jetzt aus? Etwa nich mehr so?“

Ille schüttelte den Kopf. „Nee."

„Wie seh ich denn jetzt aus?" drängte Karl.

Ille betrachtete ihn schweigend: sein struppiges Haar, die fröhlichen Augen und das breite Lächeln auf seinem Gesicht. „Wie 'n Butzemann!" sagte sie liebevoll.

Karl fiel fast vom Stuhl. „Wie 'n Butzemann! Das is ja furchtbar! Da komm ich nich drüber weg!"

Aber Stefan, Klaus und Ille trösteten ihn. Sie erklärten ihm, daß ein Butzemann etwas Nettes sei: ein Männchen, das überall im Haus herumgeistere und das alle gern hätten.

Karl beruhigte sich allmählich. Und als er sich ganz beruhigt hatte, sangen sie gemeinsam das Lied vom Butzemann:

„Es geht ein Bi-ba-butzemann
in unsrem Haus herum.
Er rüttelt sich,
er schüttelt sich,
er wirft sein Säckchen hinter sich.
Es geht ein Bi-ba-butzemann
in unsrem Haus herum."

Bei „er rüttelt sich" und bei „er schüttelt sich" rüttelte und schüttelte Karl sich so hingebungsvoll, daß sein Stuhl fast zusammenbrach. Und bei „er wirft sein Säckchen hinter sich" konnten ihn die Kinder nur im letzten Augenblick daran hindern, den gefüllten Brotkorb hinter sich gegen die Wand zu schleudern. Karl warf als Ersatz seine Serviette nach rückwärts. Und dann stießen alle mit ihm an und schrien „Prost Butzemann!“

Karl sollte während des Essens auch vom Urwald erzählen, und diesmal zierte er sich nicht lange, sondern redete frisch drauflos. Es war ein seltsamer Urwald, von dem er berichtete. Großzügig stattete er ihn mit allen Tieren aus, von denen er je gehört hatte. Es wimmelte darin von Känguruhs und Eisbären und Wölfen und Kamelen. Und als Stefan und Klaus sich wunderten, daß es in Pernambuco Eisbären gab und Pinguine, da sagte Karl mit erhobenem Zeigefinger: „Jungs, ihr habt ja keine Ahnung, wie es da is, in Per . . . in Dingsda! Das ist das dollste Land der Welt! Da gibt es einfach *alles*!“

Er schilderte auch die Abenteuer, die er im Urwald bestanden hatte: wie er einmal drei Tage lang auf einem Baum ausharren mußte, weil unten siebzehn Tiger standen und zähnefletschend auf ihn warteten. Und wie ihn dann ein kleiner Affe gerettet hatte, indem er ihm heimlich einen Ast vom Nebenbaum hinbog. „Da konnte ich dann auf den Nebenbaum kriechen“, sagte Karl, „und dann auf dieselbe Tour weiter von Baum zu Baum, bis ich ganz weit weg von den Tigern war!“

„Das muß ein süßer Affe gewesen sein!“ rief Ille.

„Ja“, nickte Karl. „Ein ganz süßer Affe! Genauso ein süßer Affe wie du!“

Da lachten sie alle und prosteten sich wieder zu, diesmal mit Wasser, weil die Milch alle war.

„Wir können ja eine Flasche Wein aus dem Keller holen!“ schlug Stefan vor. „Wenn Vati hier wäre, würde er das bestimmt tun, dir zu Ehren!“

„Na, ich weiß nich“, murmelte Karl. „So ganz sicher bin ich da nich!“

Klaus sprang schon auf, um den Wein zu holen. Aber Karl hielt ihn zurück. „Was zuviel is, is zuviel!“ meinte er. „An euern Vater seinen Wein, da geh ich nich ran. Es is schon allerhand, daß ich immer von seinem Korn getrunken habe!“ Er warf einen sehnsüchtigen Blick auf die Flasche, die neben der Couch stand.

„Dann trinke wenigstens noch einen Korn!“ bat Stefan.

Er holte die Flasche, und nach einigem Hin und Her ließ Karl sich ein Gläschen voll einschenken.

„Erzähle noch was vom Urwald!“ bettelte Ille.

Karl besann sich eine Weile und erzählte schließlich eine gruselige Geschichte von zwei Schlangen, die er gefangen hatte und die sich dann auf dem Heimweg in seinem Netz verheddert hatten. „So doll verheddert wie ’n Bindfaden in der Hosentasche!“ sagte Karl.

„Himmel!“ rief Stefan. „Ja, und was dann?“

„Dann?“ Karl überlegte. „Dann habe ich sie eben wieder auseinandergeknippert, mit Geduld und sehr viel Spucke.“

„Haben sie dich denn nicht gebissen?“ rief Ille.

Karl schüttelte den Kopf. „Keine Spur. Die waren froh, daß da einer war, der Lust zu so ’ner Pummelarbeit hatte. Einen Tag und eine Nacht hab’ ich gebraucht, bis ich sie endlich wieder auseinander hatte.“

„Ja, und dann?“ fragte Klaus.

„Dann waren sie so zahm, daß sie wie zwei Hündchen hinter mir herliefen, wohin ich auch ging.“

„Hast du sie denn behalten?“ wollte Ille wissen.

„Klar. Die eine hieß übrigens Lydia und die andere Kurt.“

„Lydia?“ rief Ille. „Ja, Lydia hört sich doll schlangig an!“

Als Stefan grade zum zweitenmal von der Ananas nehmen wollte, ließ er plötzlich den Löffel sinken. „Du, das Gedicht!“ rief er zu Klaus hinüber.

Diesmal ließ Klaus sich nicht lange bitten. Er sprang auf, zog seinen Pullover glatt und klopfte vornehm an sein Glas.

Karl sah erstaunt hoch. „Was ist denn nu los?“ rief er mit vollem Mund.

„Klaus will etwas aufsagen!“ flüsterte Stefan ihm zu.

Karl hörte augenblicklich auf zu kauen und bemühte sich, mit seinem prallgefüllten Mund ein feierliches Gesicht zu machen. Auch Stefan und Ille legten ihren Löffel beiseite.

Klaus verschränkte die Hände auf dem Rücken, räusperte sich und begann:

„Im Lande Pernambuco,
jenseits vom tiefen Meer,
wohnte ein einsamer Bursche.
Das Heimweh brannte sehr.
Da hat er ein Schiff genommen
und ging an Bord.
Das Schiff ist fortgeschwommen . . .
fortgeschwommen . . ."

Klaus wußte nicht weiter. Heiß errötend blickte er auf das Tischtuch, als könnte ihm von dort die Erleuchtung kommen.

„Von Pernambuco fort!" hörte er Stefan flüstern.

Er seufzte befreit auf und sprach das Gedicht nun rasch und ohne Stocken zu Ende:

„ . . . von Pernambuco fort.

Es trug ihn in die Heimat
zu seinen Lieben dorte.
Nun jauchzten alle und sangen
und aßen Torte."

Karl war zuerst so ergriffen, daß er gar nichts sagen konnte. Er spielte mit dem Zipfel der Tischdecke und schluckte sachte den Bissen hinunter, den er immer noch im Munde hatte.

„Das mit dem einsamen Burschen, das war *zu* schön!“ flüsterte er schließlich.

„Das bist *du* doch, der einsame Bursche!“ rief Ille.

„Ich?“ Karl erschauerte vor Andacht. „Sag das nochmal, mit dem Burschen!“ bat er Klaus.

Klaus sagte den Vers noch einmal, und Karl weinte fast, so ergreifend fand er es.

„Das Gedicht hat Klaus selbst gemacht!“ rief Ille.

Karl war platt. „Hast du Töne! Ich dachte, es wäre von Goethe oder so einem!“

„Nee, nee“, sagte Klaus bescheiden, „es ist von mir.“

Karl ließ ihn mit Wasser hochleben und bedankte sich vielmals und sagte, es sei der feierlichste Moment seines Lebens gewesen, nein, der zweitfeierlichste.

„Und was war der feierlichste?“ erkundigte sich Stefan.

„Der kommt erst noch!“ sagte Karl. „Wenn ich heirate!“

Um halb 8 Uhr war alles aufgegessen.

„Leute“, rief Karl, „das war das schönste Fest des Jahrhunderts!“

Stefan und Klaus tuschelten leise miteinander. Und dann stand Stefan plötzlich auf und ging zu Karls Stuhl. „Onkel Fritz . . .“ er zögerte etwas, „Onkel Fritz, willst du jetzt vielleicht baden?“

„Baden?“ Karl hob verdutzt die Augenbrauen.

„Baden? Jetzt? Im Freibad?"

Stefan lachte. „Nein. In der Badewanne, meine ich. Hättest du vielleicht Lust, jetzt in der Badewanne zu baden?"

„Nö", sagte Karl, „wozu?"

„Wozu?" Stefan wurde verlegen. „Na, baden ist doch immer gut. Das . . . das erfrischt doch!"

Nein, sagte Karl, er sei erfrischt genug. Er fühle sich so frisch wie nie.

„Aber . . . aber nach der langen Reise . . .", stotterte jetzt Klaus. „Sieh mal, Onkel Fritz, nach so einer langen Reise ist man doch staubig, da muß man doch erst mal baden!"

„Also meinetwegen", brummte Karl, „wenn ihr durchaus wollt . . ."

„Und . . . und wenn du willst, könnten wir dir frische Wäsche von Vati geben und seinen guten Anzug", sagte Stefan hastig. „Wenn du willst, natürlich nur!"

Dieser Vorschlag schien Karl schon besser zu gefallen. „'n guter Anzug?" murmelte er. „Hm, die Idee is nich schlecht . . ." Er begann, leise durch die Zähne zu pfeifen.

Mohrchen, der die ganze Zeit brav und still unter dem Tisch gelegen hatte, erhob ein scharfes Knurren.

Karl hörte sofort auf zu pfeifen. „Nee, nee, laßt das man lieber sein mit dem Anzug!" sagte er schnell. „Ich behalt mein altes Zeug."

„Das sollst du ja auch behalten", sagte Stefan. „Wir wollen dir den Anzug ja nur borgen, damit du was zum Wechseln hast."

Aber Karl blieb fest. „Nee, nee", sagte er immer nur. „Nee, nee. Lieber nich!"

Stefan und Klaus beschlossen, den Anzug einfach ins Badezimmer zu hängen und die reine Wäsche dazuzulegen. Wenn Onkel Fritz frisch gebadet aus der Wanne kam, würde er bestimmt keine Lust haben, wieder in seine muffigen Sachen zu steigen. Dann würde er ihr Angebot schon annehmen.

Sie gingen ins Badezimmer und stellten den Gasbadeofen an. Karl ging mit und betrachtete alles interessiert: die grüngekachelten Wände und die schöne, grüngekachelte Wanne. Den hohen Spiegel, die blinkenden Fläschchen und Dosen auf dem Glasbrett, die weichen bunten Handtücher.

„Es ist wie im Film!" sagte er bewundernd. „Jetzt freu ich mich direkt aufs Baden!"

Er hockte sich auf den Rand der Badewanne und sah zu, wie das Wasser in dampfendem Strahl aus dem Hahn schoß. Manchmal hielt er die Hand hinein und fühlte zufrieden, wie schön heiß es war.

Die Kinder liefen zwischen dem Schlafzimmer der Eltern und dem Badezimnmer hin und her, um alles zurechtzulegen, was Onkel Fritz brauchte. Klaus trug seines Vaters guten hellgrauen Anzug herbei, Stefan ein blütenzartes Oberhemd und Ille Schuhe und Socken. Sie suchten ein frisches Badetuch aus der Wäschekommode, ein hellblaues, passend zu Onkel Fritzens hellblauen Augen. Zum Schluß meinte Stefan, Onkel Fritz müsse auch ein neues Stück Seife haben. Er öffnete den Badezimmerschrank und nahm ein braunes und ein weißes Stück heraus.

„Was möchtest du?“ fragte er Karl. „Tabak oder Wilde Rose?“

Karl sah ihn verständnislos an. „Tabak? Ich denke, es geht hier um Seife?“

„Natürlich!“ lachte Stefan. „Willst du, daß die Seife nach Tabak riecht oder nach wilder Rose?“

„Nach Tabak riech ich selber“, meinte Karl. „Gib mir man lieber Wilde Rose. Aber nich *zu* wild!“ Er lachte.

Stefan lachte auch und warf ihm das weiße Stück hin. Karl fing es auf und schnupperte daran. „Junge, Junge!“ murmelte er. „Riech ich nachher auch so?“

„Bestimmt!“ sagte Klaus hoffnungsvoll.

Karl ließ die Nase nicht von der Seife. „Das riecht *zu* schön! Ich bin ja gespannt, was mein Freund sagt, wenn ich . . .“ Er stockte mitten im Satz. „Wie spät is es?“

„Du bist aber nervös!“ sagte Ille tadelnd. „Dauernd fragst du, wie spät es ist!“

Karl war nicht mehr zu halten. Er rannte hinaus und sah selbst in der Küche nach der Uhr.

„Ich werd’ verrückt!“ rief er, als er zurückkam. „Gleich acht Uhr! Ich muß sofort gehen!“

„Gehen?“ rief Stefan. „Wohin denn nun schon wieder?“

„Abschalten, Mann!“ sagte Klaus. „Onkel Fritz wollte doch noch vors Haus gehen und abschalten!“

„Abschalten kannst du später auch noch“, wandte Stefan sich an Karl. „Jetzt bade erst mal, sonst wird das Wasser kalt.“

Karl sah ihn zweifelnd an. In seinem Inneren schien sich ein heftiger Kampf abzuspielen. Er roch an der Seife herum, warf einen verlangenden Blick auf das dampfende Badewasser und seufzte mehrmals tief. „Also gut“, meinte er schließlich, „meinetwegen. Erst bade ich noch. Wär’ ja auch schade um das schöne Wasser. Wär’ ja direkt Verschwendung!“

Er bückte sich und begann, seine Schuhe aufzuknoten. Ille schloß daraus, daß sie während Onkel Fritzens Bad im Badezimmer bleiben und zugucken durften. Vergnügt erklomm sie das Fensterbrett und setzte sich dort bequem zurecht. Aber Karl machte ihre Hoffnungen zunichte. Als er seine Schuhe ausgezogen und säuberlich nebeneinander vor die Wanne gestellt hatte, schickte er die Kinder aus dem Badezimmer. Er schloß die Tür und schob von innen den Riegel vor. Stefan, Klaus und Ille hörten, wie er sich ächzend aus seinen Sachen schälte. Dann plätscherte es plötzlich wild, und dann, nach einem dumpfen Stöhnen, war alles still, so still wie in einem Grab.

„Onkel Fritz!“ rief Ille besorgt. „Lebst du noch?“
„Allemal!“ rief Karl aus dem Badezimmer. „War 'ne Pfundsidee, das mit dem Baden.“

10

Stefan, Klaus und Ille überlegten, ob Mohrchen jetzt genug geschlafen hatte. Zu gerne hätten sie nun wieder mit ihm gespielt. Aber als sie ihn dann friedlich schlummernd unter dem Schreibtisch liegen sahen, tat es ihnen leid, ihn zu wecken. Sie gingen in die Küche, knabberten noch ein bißchen an den Hühnerknochen und setzten sich dann nebeneinander auf den Küchentisch.

Aus dem Badezimmer ertönte jetzt lauter Gesang, es schallte bis in die Küche:

„In einem Städtchen,
in einem tiefen Taaaaale,
da wohnt' ein Mädchen
an einem Wasserfaaalle.
Sie war so jung,
so schön wie Milch und Blut,
von Herzen waaaaar
sie einem Räuber gut,
sie war so jung,
so schön wie Milch . . .“

Bei „Milch" klingelte es. Karls Gesang brach jäh ab.

„Es hat geklingelt!" rief Ille.

Stefan sprang vom Tisch und ging zum Küchenfenster. „Wer ist denn das nun schon wieder!" schimpfte er. „Unerhört, so spät abends noch zu klingeln!"

Er öffnete das Fenster und beugte sich hinaus. Ille und Klaus, die ebenfalls vom Tisch gesprungen waren, drängten sich mit langen Hälsen hinter ihm.

Draußen im dunklen Garten, nur erhellt von der Lampe, die über der Haustür brannte, stand ein Mann mit zwei Koffern. Und neben ihm . . .

„Vati!!!!Mutti!!!" schrien die Kinder begeistert. Sie stürzten zur Küchentür, stolperten über den Flur, rissen die Haustür auf und warfen sich den Eltern jubelnd in die Arme. Sie quietschten vor Freude und sprangen an Vater und Mutter hoch und drückten sie und gebärdeten sich wie drei kleine Wilde.

„Nun, und Onkel Fritz begrüßt ihr gar nicht?" sagte Mutter, nachdem sie sich lachend und zerzaust aus den Umarmungen befreit hatte.

„Onkel Fritz?" riefen Stefan, Klaus und Ille. Entgeistert starrten sie den Mann an, der neben den Eltern stand.

„Da staunt ihr, daß er schon da ist, was?" lachte der Vater. Er trat mit dem Mann und der Mutter ins Haus.

Stefan, Klaus und Ille sahen unverwandt auf den

Mann. Er war blond und braungebrannt, und sein Oberhemd leuchtete genauso weiß wie seine Zähne. Um den Hals hatte er eine Kamera hängen.

„Guten Tag, ihr drei!“ sagte er und gab jedem von ihnen die Hand.

Stefan, Klaus und Ille murmelten „Guten Tag“, aber sonst sagten sie keinen Ton. Sie lächelten auch nicht. Stumm, mit gräßlichem Herzklopfen standen sie beieinander und sahen den Mann an.

„Das Schiff ist früher gekommen, als ich dachte“, sagte der Mann. „Habt ihr mein Telegramm nicht bekommen?“

Stefan nickte. „Doch, das schon.“

„Wir haben uns glücklicherweise in Hamburg noch nach der genauen Ankunftszeit erkundigt“, sagte der Vater. „Als das Schiff heute abend anlegte, standen wir schon am Pier.“

„Ach so“, sagte Stefan. Klaus und Ille schwiegen.

„Sagt mal“, rief die Mutter, „was ist denn mit euch los? Ihr redet ja keinen Ton! Habt ihr etwas angestellt?“

Stefan und Klaus senkten den Blick angstvoll auf den Fußboden.

Auch Ille schwieg zuerst. Aber dann, mit einem scheuen Blick auf den Mann, platzte sie plötzlich heraus: „Mutti, weißt du auch bestimmt, daß das Onkel Fritz ist?“

„Aber Ille!“ rief die Mutter. „Natürlich! Was soll diese Frage?“

Stefan, Klaus und Ille sahen sich an. „Wir ... wir haben nämlich schon einen Onkel Fritz hier", sagte Stefan mit gepreßter Stimme.

„Na, jetzt bin ich aber gespannt!" lachte der Mann. Er lachte genauso, wie die Mutter immer lachte, und die Kinder sahen, daß er der richtige Onkel Fritz war.

Die Mutter blickte verwirrt von einem Kind zum anderen. „Ihr habt schon einen Onkel Fritz hier? Ich verstehe nicht ..."

„Wo ist euer Onkel Fritz?" mischte sich jetzt der Vater ein. Seine Stimme klang so energisch, daß Stefans, Klaus' und Illes Herzklopfen noch stärker wurde.

„Er ist in der Badewanne", murmelte Stefan.

„Er sollte baden, weil er so muffig riecht!" fügte Klaus hinzu.

„Und dann sollte er ein frisches Oberhemd von Vati anziehen", sagte Ille, „und Vatis guten Anzug."

„Großer Gott!" stammelte die Mutter. Sie hielt sich am Treppengeländer fest.

„Nun schlägt's dreizehn!" rief Onkel Fritz. Er lachte nicht mehr.

Auch der Vater verlor jetzt die Ruhe. „Aber Kinder! Um Himmels willen! Wer sitzt da in unserer Badewanne?"

Stefan, Klaus und Ille sahen sich ratlos an. Vor fünf Minuten hätten sie noch geschworen, daß es

Onkel Fritz sei, der in der Wanne saß. Aber jetzt, wo sie den richtigen Onkel Fritz vor sich hatten, war das ja nicht mehr möglich.

„Komm, Fritz!" sagte der Vater. „Das werden wir gleich haben."

Die beiden Männer rannten zum Badezimmer. Der Vater drückte die Klinke herunter, aber die Tür war verschlossen.

„Hallo!" rief er und klopfte an die Tür.

Als sich dahinter nichts regte, begann er, an der

Klinke zu rütteln. „Hallo! Machen Sie sofort die Tür auf!"

Ein gräßliches Poltern, ein Fluch und das ohrenbetäubende Klirren von Glas unterbrachen ihn.

„Hilfe!" rief die Mutter. „Er geht durchs Fenster!"

Der Vater und Onkel Fritz rannten schon zur Haustür.

„Los, schnell in den Garten!" schrie der Vater. „Wir müssen ihn abfangen!"

Sie verschwanden in der Dunkelheit.

Stefan, Klaus und Ille drängten sich zitternd an die Mutter. Sie hörten, wie der Vater und Onkel Fritz im Garten einmal hierhin und einmal dorthin jagten. Büsche rauschten auf, der Kies prasselte unter ihren Füßen.

Nach einer Weile rief der Vater: „Komm, Fritz, es hat keinen Zweck. Der ist schon über alle Berge."

Die beiden Männer kamen wieder in den Lichtschein der Lampe.

„Schade", sagte Onkel Fritz, „den Mann hätte ich gerne gesehen!"

Der Vater wischte sich den Schweiß von der Stirn. „Er muß gerannt sein wie ein Wiesel."

Sie gingen alle ins Wohnzimmer. Die Erwachsenen redeten aufgeregt durcheinander, aber Stefan, Klaus und Ille sprachen kein Wort.

„So", sagte der Vater, als er sich in einen Sessel gesetzt hatte, „nun kommt mal her, ihr drei!"

Stefan, Klaus und Ille kamen zögernd herbei. Der Vater sah sie alle der Reihe nach an. Sein Gesicht war ernst. „Wen habt ihr da ins Haus gelassen?“ fragte er. Auch seine Stimme klang ernst.

„Ich . . . wir . . “ stammelte Klaus und verstummte dann wieder.

Ille wolle rufen „Onkel Fritz“, aber dann fiel ihr Blick auf den richtigen Onkel Fritz, und das Wort blieb ihr im Munde stecken.

Stefan ermannte sich. „Ich . . . wir . . . äh . . . wir dachten, daß das Onkel Fritz ist!“ stotterte er.

„Du lieber Gott!“ rief die Muter. „Er hätte euch ermorden können!“

Stefan, Klaus und Ille sahen sich einen Augenblick entsetzt an, aber dann schüttelten sie energisch den Kopf.

„Nee“, sagte Stefan überzeugt, „das war kein Mörder.“

„Der war so gutmütig wie ’n Lamm!“ pflichtete Klaus ihm bei.

„Und warum hat sich dieses Lamm bei uns eingeschlichen?“ rief der Vater. „Doch wohl, um zu stehlen!“

„Er hat bestimmt das ganze Haus ausgeräumt!“ stöhnte die Mutter.

„Nein“, rief Klaus, „er hat nichts genommen! Nicht mal Illes silbernen Löffel wollte er zuerst annehmen!“

„Er hat uns sogar was gekauft!“ setzte Stefan

hastig hinzu. „Für Ille eine Puppe und für Klaus und mich einen Hund!"

Die Erwachsenen sahen sich verblüfft an. „Die Sache wird ja immer verrückter!" rief der Vater. „So viel Geld hat der Mann für euch ausgegeben?"

„Hm", sagte Stefan, „das heißt, nicht direkt." Er sah zu Boden.

„Was soll das heißen: nicht direkt?" fragte der Vater.

Stefan schaute mit ängstlichem Gesicht zu ihm auf.

„Wir haben ihm das Geld geborgt. Er sagte, seine Bank schickt ihm bald neues Geld."

„Ihr habt ihm Geld geborgt?" rief der Vater entsetzt.

„Zweihundertvierundzwanzig Mark", murmelte Stefan.

„Stefan! Zweihundertvierundzwanzig Mark! Einem wildfremden Mann!"

Der Vater begann, aufgeregt hin und her zu laufen. „Das Geld ist natürlich futsch!"

„Und dein guter Anzug auch, Paul!" fügte die Mutter hinzu. Sie rang die Hände.

„Los, Stefan", sagte der Vater, „steig vom Garten aus ins Badezimmer und riegle uns von innen die Tür auf.Wenn der Anzug weg ist . . . Es wäre nicht auszudenken! Er hat über 600 Mark gekostet!"

Stefan stürzte nach draußen, schlotternd vor Angst. Er rannte ums Haus, sprang über ein Rosenbeet und sah zum Badezimmer hinauf. Das Fenster stand offen, die Scheibe war zerbrochen. Er legte die Hände auf den Fensterrahmen und zog sich hoch.

Die anderen warteten schweigend drinnen vor der Badezimmertür. Nur einmal rief der Vater: „Vorsicht, Stefan! Schneide dich nicht!"

Sie hörten, wie Stefan ins Badezimmer sprang und gleich darauf einen überraschten Laut ausstieß. Er kam über knirschende Glassplitter zur Tür gerannt, drehte hastig den Riegel zurück und öffnete.

„Vati!" rief er. „Dein Anzug ist noch hier! Und das Oberhemd auch!"

Die anderen drängten sich ins Badezimmer. Ja, tatsächlich: An dem Haken neben der Tür hing der gute graue Anzug, und auf dem Hocker daneben lagen Oberhemd, Unterhose und Socken. Die Schuhe standen unter dem Hocker, und auch das Badetuch und die Seife waren noch da. Und was lag auf dem Rand des Waschbeckens, etwas feucht und zusammengedrückt?

„Da liegt ja Geld!" rief der Vater. Er nahm die Scheine und Münzen und zählte sie schnell. „DM 134,50, anscheinend der Rest von unserem Wirtschaftsgeld!"

„Seht ihr!" rief Stefan, und sein Herz war auf einmal so leicht wie ein Luftballon. „Das, was fehlt, haben die Geschenke gekostet!"

„Der Mann hat tatsächlich nichts genommen!"

staunte Onkel Fritz. Auch er schien sich tüchtig zu freuen.

Die Mutter blickte nachdenklich vor sich hin. „Ein merkwürdiger Besuch . . ." murmelte sie.

„Merkwürdig . . . ja, das war er, nicht?" Stefan sah seine Geschwister an.

Klaus nickte.

„Aber ich mochte ihn!" rief Ille.

11

Keuchend, mit nassem Haar und nur notdürftig angezogen, tauchte Karl bei Rudi an der Ecke auf. „Los, weg hier!" rief er ihm entgegen.

Rudi fragte nicht viel, sondern rannte los, und Karl hielt sich an seine Fersen. Im Laufen knöpfte er sein Hemd zu und schnallte den Gürtel fest.

Sie rannten um mehrere Ecken, bis sie auf der anderen Straßenseite einen kleinen Park sahen.

„Rüber!" rief Karl.

Sie liefen über die Fahrbahn und schlugen sich in die Büsche. Zwischen einigen hohen Rhododendron-Sträuchern blieben sie stehen.

„Mann!" japste Rudi, „was ist denn bloß passiert? Du bist ja ganz naß am Kopp!"

Karl fuhr sich mit seinem Taschentuch durch das feuchte Haar. „Kunststück! Ich komm ja direkt mang aus der Badewanne! Du bist mir vielleicht 'n schöner Schmieresteher! Keinen Ton haste von dir gegeben, wie die Alten plötzlich kamen!"

Rudi erschrak. „Die Alten? Sind gekommen?"

„Sag ich doch! Ich möcht bloß wissen, wo du deine Augen gehabt hast!"

„Unentwegt auf 'm Gartentor von diesen Leuten! Nur einmal war ich zwei Minuten weg, rüber an 'n Kiosk, wegen Zigaretten . . . und . . ."

„Aha!" knurrte Karl.

„. . . und ausgerechnet in diesen zwei Minuten müssen die kommen!" rief Rudi empört.

„Ja, ausgerechnet. Deinetwegen säße ich jetzt um ein Haar im Gefängnis!" Karl lachte bitter.

Rudi klopfte ihm freundschaftlich auf den Rükken. „Beruhige dich, Junge. Du sitzt ja nich. Es ist ja noch mal gutgegangen." Er sah an Karl herunter. „Und wo haste nu das Silber und die Pinke?"

Karl zog kräftig mit der Nase hoch. „Ich hab' nischt."

„Du hast nischt?" Rudi sah ihn ungläubig an. „Willste damit sagen, daß da nischt zu holen war?"

„Doch", sagte Karl, „da war was zu holen. Da war sogar allerhand zu holen. Aber Karl wollte nich."

„Karl wollte nich?" Rudi rang nach Luft. „Mann, mach mich nich rasend! Drück dich gefälligst deutlicher aus!"

„Ich denke doch, das war deutlich genug!" Karl zog seinen Kamm hervor und kämmte sich.

„Aber wie ... ich verstehe nich ... du hast doch ..." stammelte Rudi.

„Mann!" schrie Karl. Aber dann besann er sich, daß er hier nicht so schreien durfte. „Mann!" zischte er. „Du hast vielleicht 'ne Leitung! Ich wollte nichts nehmen von denen! Begreifst du nu?"

Er schob den Taschenkamm ins Etui und steckte das Etui in die Hosentasche. „Und ich will überhaupt nie wieder was nehmen", murmelte er, „von fremden Leuten meine ich. Ich laß die Finger von so was. Ich fang 'n neues Leben an. Ohne Schwindeln und ohne Klauen. Und auf der Straßenbahn bezahl ich jetzt auch immer."

Rudi sah ihn fassungslos an. „Um Himmels willen! Karl! Was is in dich gefahren! Bist du krank?"

„Nee, ich bin kerngesund!" Karl lachte. „Ich war noch nie so gesund wie jetzt. So, und nu geh ich. Mach's gut, Rudi!" Er hielt Rudi die Hand hin.

„Ewige Treue haste mir geschworen!" stammelte Rudi. „Ewige Treue, gestern, in Lehmanns Kneipe! Ewige Treue bis zum Grabe ..."

„Dazu steh ich auch!" sagte Karl. „Wenn du mal in Druck bist und mich brauchst – ich bin immer für dich da. Aber daß ich für dich stehlen gehe, das hab' ich nie geschworen, niemals!" Er tippte sich an die Schläfe. „Tschüs, Rudi!"

Ohne sich noch einmal nach dem sprachlosen Rudi umzusehen, bahnte er sich einen Weg durch die Büsche. Als er die feste Straße erreicht hatte, klopfte er sich welke Blätter und Zweige vom Anzug, atmete einmal tief ein und aus und ging dann davon. Nach einigen Schritten begann er zu pfeifen. Er pfiff die Melodie, die er in Niemeiers Badewanne gesungen hatte.

12

Niemeiers und Onkel Fritz saßen bis Mitternacht im Wohnzimmer beisammen und redeten über Karl. Haarklein mußten die Kinder alles berichten: wie es geklingelt hatte und wie Ille den falschen Onkel Fritz dann hereingelassen hatte. Und wie Stefan und Klaus sich zuerst über sein ärmliches Aussehen gewundert hatten und über seine komische Sprache. Sie erzählten von der Weinbrandflasche und von dem Schiffsunglück, von den Spiegeleiern und von Karls Besorgungen. Sie erzählten auch von seinem plötzlichen Zusammenbruch, von seinem Schläfchen und von dem Mann, der gekommen war und nach seinem Kollegen gefragt hatte. Sie schilderten die Sache mit Illes silbernen Löffel und das herrliche Fest und die Vorbereitungen für das Bad.

„Und nach dem Bad wollte er dann noch mal nach draußen, um sich die Beine zu vertreten", schloß Stefan.

„‚Beine vertreten' ist gut!" sagte der Vater. „Verschwinden wollte er, auf Nimmerwiedersehen!"

Die Mutter drückte abwechselnd ein Kind nach dem anderen an sich. Sie mußte sich überzeugen, daß sie auch wirklich noch lebten und heil und gesund waren nach diesem entsetzlichen Abenteuer. „In welcher Gefahr habt ihr geschwebt!“ sagte sie schaudernd.

„Na, es ist ja noch einmal gut gegangen!“ meinte der Vater. „Aber es hätte auch ganz anders kommen können. Diebe, die sich plötzlich besinnen und gute Menschen werden, sind nämlich ziemlich selten!“

„Aber unserer war so einer!“ sagte Onkel Fritz.

Stefan, Klaus und Ille nickten heftig. Sie hätten Onkel Fritz am liebsten dafür umarmt, daß er es gesagt hatte.

Alle drei waren schrecklich durcheinander, auch am nächsten Tag noch. Es ist ja auch keine Kleinigkeit, jemanden, den man für seinen Onkel gehalten hat, plötzlich mit Getöse durchs Badezimmerfenster verschwinden zu hören, für immer. Aber sie hatten einen großen Trost: den richtigen Onkel Fritz. Mit ihm konnten sie über alles reden, was passiert war. Er hörte geduldig zu und überlegte, wie es hatte geschehen können, und erklärte es ihnen. Und niemals schimpfte er auf den falschen Onkel Fritz.

„Er hat ja allerhand angestellt“, sagte er. „Es ist gemein, sich in ein fremdes Haus zu mogeln, um zu stehlen, und es ist gemein, drei Kinder von hinten bis vorn zu belügen . . .“

„Ja“, rief Klaus, „das Schiffsunglück und die

Kamele im Urwald und der Ohnmachtsanfall, alles war erfunden!"

Onkel Fritz nickte. Aber daß der Mann dann schließlich doch nichts gestohlen hätte, kein Fitzelchen, weder das Silber noch den Anzug, noch das viele Geld, das sei schon was, meinte er. „Da muß man schon sagen ‚alle Achtung!' Aus dem Mann kann noch ein Prachtkerl werden."

„Glaubst du, daß er noch mal wiederkommt?" fragte Ille ihn. Sie saß auf seinem Schoß und spielte mit seinem Schlips, so wie sie vorher auf Karls Schoß gesessen hatte.

Onkel Fritz schüttelte den Kopf. „Nein, sicher nicht. Aber er wird wohl noch oft an euch denken. Sehr oft."

„Er war lieb", murmelte Ille.

Onkel Fritz drückte sie fest an sich. „Ja", sagte er, „das glaube ich auch. Im Grunde war er lieb."

„Du bist aber noch viel lieber!" rief Ille und schlang die Ärmchen um seinen Hals. „Du schwindelst nicht. Und du riechst so gut!"

So schien alles in bester Ordnung zu sein. Es war nichts gestohlen worden, niemand steckte voll zorniger Gedanken, und für den verschwundenen Onkel war ein neuer Onkel da. Er hatte ihnen herrliche Geschenke mitgebracht: ein echtes Indianerzelt für Stefan und Klaus und ein silbernes Armband für Ille. Stundenlang und ohne zu stocken konnte er von Pernambuco erzählen. Sein Anzug und seine Fingernägel waren blitzsauber. Sie hatten ihn alle herzlich lieb und er sie. Und doch stimmte etwas nicht in Niemeiers Haus. Es hing mit Mohrchen zusammen. Nicht daß er krank war oder ungezogen, nein, er strotzte vor Gesundheit und war brav und folgsam. Die Eltern und Onkel Fritz mochten ihn auch schrecklich gern und streichelten ihn oft. Aber manchmal betrachteten sie ihn nachdenklich und mit etwas sorgenvoller Miene. Und Stefan kam einmal dazu, wie sie rechneten, und es ging dabei um Mohrchen.

„DM 89,50 fehlen also vom Wirtschaftsgeld", sagte der Vater. „Davon kann der Mann unmöglich die Puppe *und* den Hund gekauft haben."

„Was kostet denn so ein Hund?" erkundigte sich Onkel Fritz.

„Ungefähr 300 Mark", sagte die Mutter.

Onkel Fritz erschrak. „Was, so viel?"

„Ja", nickte der Vater, „mindestens."

Onkel Fritz beugte sich zu Mohrchen hinunter und tätschelte seinen lockigen Rücken. „Bist du am Ende überhaupt nicht bezahlt?" murmelte er.

„Glaubt ihr, daß Mohrchen gestohlen ist?" rief Stefan bestürzt.

Die Eltern und Onkel Fritz sahen sich zweifelnd an.

„Auf jeden Fall: Die Sache ist ziemlich rätselhaft", meinte die Mutter.

Das Rätsel löste sich am Dienstag, also drei Tage nach Onkel Fritzens Ankunft.

Obgleich nun schon der 6. Oktober war, schien die Sonne noch so warm wie im Sommer. Frau Niemeier hatte deshalb den Mittagstisch auf der Terrasse gedeckt. Herr Niemeier war in der Mittagspause schnell nach Hause gekommen, um mit der Familie zu essen. Jetzt waren sie alle fertig, und Frau Niemeier hatte schon den Tisch abgeräumt. Sie setzte sich mit ihrem Strickzeug wieder in die Sonne, und Herr Niemeier steckte sich eine Pfeife an und nahm seine Zeitung vor.

Onkel Fritz ging mit den Kindern auf den Rasen und spielte dort mit ihnen Zirkus. Er selbst war der Zirkusdirektor und stand in der Mitte. Stefan, Klaus, Ille und Mohrchen waren Pferde, die nach seinem Kommando um die Manege liefen. Mohrchen stellte sich sehr gescheit dabei an. Er tat immer genau das, was die anderen taten. Wenn Onkel Fritz „Trab!“ rief und alle zu traben begannen, trabte auch Mohrchen. Wenn Onkel Fritz „Galopp!“ kommandierte, galoppierte Mohrchen genau wie die anderen. Und wenn Onkel Fritz beschwörend beide Arme hob und „Hopp!“ rief, hoben sich alle vier Pferde gemeinsam auf die Hinterbeine. Hier war Mohrchen den anderen sogar noch überlegen: Er konnte sich wirklich auf die Hinterbeine erheben, denn er hatte welche. Die anderen konnten es nur andeuten, indem sie die Arme wie Vorderbeine anwinkelten und die Beine dadurch zu Hinterbeinen machten. „Bravo!“ rief Onkel Fritz und knallte mit der Peitsche, und das Publikum – die Mutter – applaudierte.

Jetzt sollte die Nummer mit der Kunstreiterin kommen. Stefan stand schon auf allen vieren als Schimmel in der Arena. Ächzend erklomm Ille seinen Rücken und hielt sich dann im Stehen an Klaus fest.

Da rief der Vater plötzlich: „Da haben wir den Salat!“ Er ließ die Zeitung sinken und rief Onkel Fritz und die Kinder herbei. Atemlos kamen sie angerannt.

„Hört euch das an!“ sagte der Vater. Er nahm die Zeitung wieder hoch und las die Anzeige vor, die er gerade entdeckt hatte:

Verlustanzeige

Am Samstag, dem 3.10., gegen 16 Uhr wurde in der Goetheallee ein schwarzer Pudel gestohlen. Augenzeugen haben beobachtet, daß ein Mann ihn mittels eines Bindfadens gefangen und dann abgeführt hat. Wer etwas über den Verbleib des Hundes weiß, wird gebeten, die Nummer 27 11 10 anzurufen.

Zuerst herrschte Totenstille auf der Terrasse. Sie sahen sich nur alle mit erschrockenen Augen an.

Endlich fand Ille als erste die Sprache wieder.

„Ist das Mohrchen?“ rief sie angstvoll.

„Klar!“ sagte Stefan. „Wer sonst! Aber wir geben ihn nicht her. Nicht wahr, Vati, wir brauchen ihn doch nicht herzugeben?“

„*Wir* haben ihn ja nicht gestohlen!“ fügte Klaus hastig hinzu. „Wir haben ihn ja geschenkt bekommen!“

Der Vater faltete die Zeitung zusammen und stand auf. „Es ist ein gestohlener Hund“, sagte er, „daran ist nicht zu rütteln. Wir müssen ihn seinem richtigen Herrn zurückgeben. Ich werde den Mann sofort anrufen.“ Er wandte sich zur Terrassentür.

Onkel Fritz hielt ihn zurück. „Laß mich das machen!“ sagte er. Er verschwand alleine im Haus.

Stefan, Klaus und Ille blieben völlig verstört zurück. Sie schauten hilfeflehend auf die Eltern, aber die Eltern konnten ihnen nicht helfen. Der Vater rollte nervös die Zeitung auf und zu und die Mutter schaute starr auf ihr Strickzeug.

Still, ohne etwas zu sagen, hockten die Kinder sich zu Mohrchen. Sie streichelten ihn, kraulten ihn am Hals und spielten mit seinen weichen Ohren. Sie kämpften alle drei mit den Tränen. Und schließlich nützte alle Anstrengung nichts mehr: sie weinten. Stefan lautlos und ohne das Gesicht zu verziehen, Klaus unter heftigem Schluchzen, wobei alles an ihm wackelte, und Ille laut jammernd. Mohrchen stand zwischen ihnen und begann angstvoll zu fiepen.

„Hast du den Mann erreicht?“ fragte der Vater, als Onkel Fritz wieder auf der Terrasse erschien.

Onkel Fritz nickte. „So, nun komm mal her, Mohrchen!“ rief er. Er winkte Mohrchen zu sich.

Die Kinder ließen Mohrchen los, und er trabte gehorsam zu Onkel Fritz. Der zog ihn dicht an sich heran. Dann nahm er ihn bei den Vorderpfoten und hielt ihn daran so aufrecht, daß sein dunkles Hundegesicht den Kindern zugewandt war.

„So, Mohrchen“, sagte Onkel Fritz, „nun mach mal ganz fein ‚schön‘ vor Stefan, Klaus und Ille!“

Ille brach in einen erneuten Jammerschrei aus, stolperte auf Mohrchen zu und nahm seine Pfoten in die Hand. „Auf Wiedersehen, Mohrchen!“ flüsterte sie mit erstickter Stimme.

Onkel Fritz schüttelte den Kopf, und seine Augen begannen zu lachen. „Nein, Mohrchen“, raunte er dem Hund ins Ohr, „sag nicht ‚Auf Wiedersehen‘! Sag ‚Guten Tag, neues Frauchen!‘“ Er nahm Mohrchens Pfote und fuhr damit sacht über Illes tränennasse Backe.

„‚Neues Frauchen‘?“

„Onkel Fritz!“ schrie Klaus, „was hat der Mann denn gesagt?“

„Ach, nicht viel“, sagte Onkel Fritz, und jetzt lachte sein ganzes Gesicht. „Die meiste Zeit habe *ich* geredet. Und zum Schluß hat der Mann nur mächtig geseufzt und hat gesagt: ‚Also gut, meinetwegen. Wenn Ihnen so viel daran liegt . . . Zahlen Sie mir 250 Mark, dann können Sie den Hund behalten. Ich habe ja zum Glück noch einen.‘ Ja, das hat er gesagt.“

Stefan, Klaus und Ille hatten mit angehaltenem Atem zugehört. Jetzt sahen sie sich an, ungläubig noch und doch schon voll Hoffnung.

Onkel Fritz richtete sich auf und gab Mohrchen einen leichten Klaps auf die Rückfront, so daß er wieder zu den Kindern trottete.

„Es ist euer Hund“, sagte Onkel Fritz strahlend. „Ich habe ihn dem Mann abgekauft.“